L'ÉTÉ OÙ J'AI DIT OUI

Lindsey Roth Culli

Traduit de l'anglais (États-Unis)
par Pauline Vidal

Hugo Poche

NEW WAY

Pour Sam. Toujours.

CHAPITRE 1

Rien de plus terrible que de faire une crise d'angoisse existentielle en plein discours d'adieu de major de promo.

– Je, euh…

Je jette un coup d'œil sur la fiche froissée entre mes doigts, et mes notes soigneusement dactylographiées s'embrouillent jusqu'à ressembler davantage à une soupe de pâtes alphabet qu'au discours que je viens de passer tous mes instants libres du mois à perfectionner – sautant le déjeuner, le répétant sous la douche le soir, chantonnant sans arrêt ses paroles tout en saupoudrant les pizzas de fromage râpé dans la cuisine torride du restaurant de mes parents. Je sens encore mes joues s'embraser comme si je me trouvais devant un four à deux cent soixante degrés, avec une rivière de sueur salée qui me coule sur la lèvre.

Je m'oblige à regarder la foule, mes camarades qui me dévisagent, l'air de s'endormir, tout en guettant, comme il se doit, la quinte de toux qui m'obligerait à quitter la scène : Tricia Whitman, que je connais grâce à ses innombrables posts Instagram hashtag sapéepourlacroisière, va passer les quinze jours à venir sur un luxueux paquebot quelque part dans les Caraïbes. Henry Singh qui s'est méchamment engueulé avec son petit ami en plein milieu du dîner, il y a deux semaines, jusqu'à lui renverser une salade Caesar sur les genoux avant de filer vers le parking. Cecily Johnston, la seule personne de toute notre école qui a obtenu de meilleures notes que moi au test d'entrée en fac…

En réalité, je ne suis amie avec aucun d'entre eux. Je ne leur ai pour ainsi dire jamais adressé la parole. Ça ne signifie pas que j'ignore qui ils sont même si, dans leur grande majorité, en voyant mon nom sur le programme ce matin, ils ont dû se tourner vers leur voisin pour balancer quelque chose comme : *c'est qui, Rachel Walls ?*

Cette idée me fait frémir et j'imagine leurs sourcils froncés alors qu'ils essayaient de m'identifier : étais-je l'étudiante étrangère venue juste pour le semestre ? La théâtreuse cheloue toujours en noir avec de la résille ? Une concierge particulièrement brillante qui se serait glissée dans la classe de maths de Mme Ali, cette nuit, pour résoudre des équations compliquées au tableau ?

Quelques-uns paraissent vaguement me reconnaître lorsque je grimpe sur le podium : *Oh… elle.*

La mégalo. La rabat-joie. La coincée.

Reprends-toi, Patatina. J'entends la voix de Nonna résonner dans ma tête à l'instant précis où je l'aperçois, avec sa coupe grise au carré, à côté de maman et de mon beau-père, vers le fond de la salle. Je prends une longue inspiration parfumée au polyester de ma toge universitaire, et m'éclaircis la gorge une fois de plus. Après tout, ce n'est pas parce que je ne risque pas d'être élue l'élève populaire de l'année – ce sera Clayton Carville, la star à la somptueuse mâchoire de l'équipe de foot de Westfield – que je n'ai pas gagné ce combat. À peu près le contraire. En fait, les options qui m'ont rendue complètement invisible à ces gens sont exactement celles qui m'ont amenée ici, à ce moment et à ce qui va s'ensuivre.

C'est-à-dire faire ce fichu discours et me tirer de cette ville pour que ma vraie vie puisse enfin commencer.

Les mains appuyées sur le pupitre, je continue :

– Si vous allez à Oval Beach aujourd'hui, pour y bâtir un château de sable, retournez-y demain, il aura disparu. Ce mouvement vers le chaos – en science, on l'appelle *entropie* – est inévitable. Rien n'échappe à son acharnement. Dans un système fermé, laissé à ses propres dispositifs, le désordre et le chaos ne cessent d'augmenter. Interminablement. Tandis que l'ordre exige des efforts. De l'énergie. Une masse d'énergie. Et nos réussites ici, à Westfield, ne forment pas une exception. Les clubs de débat comme les nôtres n'atteignent pas le

Tournoi national sans un certain entraînement. Les équipes de football comme les nôtres ne remportent pas les championnats d'État sans esprit d'équipe et collaboration.

Là, je jette un coup d'œil vers Clayton – bon, d'accord, il est possible que j'aie ajouté le football afin de me donner une excuse pour le regarder, là, étalé au deuxième rang, avec ses longues jambes légèrement écartées – avant de poursuivre :

– Mes chers camarades, nous ne sommes pas arrivés là par hasard, mais grâce à un travail acharné, une forte implication, beaucoup d'énergie et de sacrifices. Et s'il faut célébrer la réussite de ces dernières années, ceci n'est qu'une cérémonie du *commencement*. Aujourd'hui, nous marquons la fin du lycée *et* le début de quelque chose de nouveau.

Je jette de nouveau un coup d'œil vers Clayton, irrésistiblement attirée par sa longue silhouette souple, bien que je n'aie plus l'excuse de la citation contextuelle, et là, je manque laisser tomber mes fiches en m'apercevant qu'il me regarde. Quelque part, c'est normal, je sais – après tout, je suis en train de prononcer son discours de fin d'études secondaires –, et voilà qu'il me *sourit*, de cette expression espiègle tout en fossettes, laissant apparaître, un quart de seconde, sa langue entre ses dents bien blanches et bien droites.

Question : et si on pouvait tomber enceinte d'un simple sourire ?

Jusqu'à ce que le directeur Howard s'avance, dise quelque chose dans le micro, provoquant les acclamations de l'auditoire ; là, je prends conscience d'avoir, en quelque sorte, achevé mon discours. Tout le monde se lève et c'est un envol de chapeaux carrés à pompon. Sauf le mien. En fait, je serais incapable de le rattraper, même si je n'ai pas conçu de façon immaculée le bébé-sourire de Clayton Carville. Pas question que je prenne ce risque maintenant. Pour voir ce couvre-chef atterrir à six rangées de moi, avec celui de quelqu'un d'autre dans la main – plein de sueur, de soins capillaires et de pellicules.

Dégueu.

Finalement, je coince le truc sous mon bras et applaudis poliment, réponds à quelques signes, puis me fraie un chemin au milieu de cette épaisse foule bruyante. Je viens de repérer le crâne de mon beau-père – il a un début de calvitie qu'il essaie de cacher en peignant ses cheveux de différentes façons, mais ça ne trompe personne – lorsque Ruoxi m'attrape par le bras.

– Rachel !

Elle aussi retient son chapeau, ce qui pourrait expliquer pourquoi elle est ma meilleure amie. À vrai dire, ma *seule* amie – sauf si on compte Miles, ce que je refuse obstinément. Ce qui ne change rien au fait qu'à part Nonna, c'est pratiquement ma personne préférée sur terre. Je ne sais pas ce que je ferais sans elle cet été – pas plus qu'à Northwestern cet automne.

– Bravo, M'dame !

– Meeeerci ! dis-je en étreignant son petit corps menu. Et merci de ne pas avoir éclaté d'ennui, même si tu avais déjà entendu dix mille fois tout ça !

– Ça passait mieux grâce aux répétitions. Comme une chanson de Justin Bieber.

Elle s'évente doucement sous l'épaisse masse de ses cheveux noirs. Je la dépasse d'au moins une tête, malgré ses sandales à semelles compensées, mais j'aime bien les ongles rose foncé de ses pieds qui contrastent joliment avec sa peau sombre.

– Comme The Bieb.

– Former les esprits neufs. Inspirer la jeunesse

– Exactement.

Ruoxi se rapproche tout en jetant un regard mauvais derrière elle alors qu'un des beaux gosses du lycée la bouscule.

– Je peux te poser une question ? dis-je en songeant à mon effondrement en plein discours.

Paul Haberman écrit pour le *Westfield Courier* et s'est fait une tonne de followers sur Snapchat en postant les photos de ses déjeuners quotidiens à la cafétéria depuis un an ; sur l'échelle de la popularité socio-économique, je le placerais bien au milieu.

– Paul Haberman. Tu crois qu'il savait qui j'étais ?

Ruoxi me jette un regard surpris.

– Comment ça ? Je ne sais pas. Je ne lui ai pas demandé. Pourquoi ?

– Laisse tomber.

Meilleures amies ou pas, « j'ai passé ces quatre dernières années à cultiver un anonymat total et, ce matin, ça commence à m'angoisser », n'est pas un sujet de conversation pour ce moment précis.

– Si, vas-y.

– T'inquiète.

– Ok…

Apparemment, elle n'est pas convaincue, mais elle n'insiste pas.

– Bon, Paul m'a demandé ce que je faisais ce soir et, quand j'ai dit que j'allais sans doute rester avec toi, il a répondu que Bethany organisait une soirée et qu'on devrait venir.

J'éclate de rire, jusqu'au moment où je me rends compte qu'elle ne plaisante pas.

– Attends, *c'est pas vrai !*

Bethany sort de temps en temps avec Clayton depuis la classe de seconde. L'arrière de sa maison donne directement sur le ruisseau qui sépare nos deux propriétés, si bien que je suis aux premières loges de ses diverses ruptures et réconciliations – captures, ruptures et forfaitures. Non que je passe mon temps à les espionner, mais j'ai des yeux, ainsi qu'une chambre bien située et, en fait, je suis déjà en pyjama à vingt-trois heures presque tous les samedis soir. C'est comme ça.

– Tu veux y aller ?

Elle hausse les épaules.

– Pourquoi pas ? On va voir. Ce pourrait être sympa, non ?

– Si tu veux te prendre une gueule de bois suivie d'un papillomavirus, ça m'a l'air bien parti.

– Oh, arrête, Rachel ! Tu crois vraiment que ça ressemble à ça ?

– Oui.

Je ne suis peut-être pas une référence en matière de fêtes du lycée, mais j'ai assez parcouru de réseaux sociaux pour savoir exactement ce qui nous attend si on va chez Bethany ce soir. Autant rester tranquillement chez moi. Au moins, je n'aurai pas besoin de me maquiller et de me donner en spectacle.

– Je crois que c'est exactement ça.

– Bon, très bien, conclut Ruoxi, pas vraiment contrariée. Peut-être que ça se passe bien comme ça. Mais tu sais que je pars pour Interlochen demain ? Et ce sera tellement intense et prenant et… je ne sais pas. Tu ne te demandes jamais ce que c'est que de…

Elle s'interrompt.

– D'être quelqu'un de normal ?

– Quelque chose dans le genre…

Ça la fait rire, même si je ne suis pas sûre qu'aucune de nous trouve ça particulièrement drôle.

– Le lycée est fini, tu sais ? On a réussi. Et puis ce n'est qu'une soirée.

Elle est sérieuse. Je m'en veux un peu d'avoir si brusquement écarté sa proposition. Après tout, je suis censée comprendre ce genre d'impulsion. Il s'agissait juste de faire la fête et de se défoncer un bon coup.

– Tu as raison, dis-je alors avec un sourire forcé. Ne te prive surtout pas d'y aller.

– Et tu devrais venir avec moi, rétorque-t-elle aussitôt. Tu sais très bien qui il y aura. Après tout, tu as gentiment interpellé cette équipe de foot dans ton discours, aujourd'hui.

– Merci.

Un court instant de folie, j'essaie d'imaginer ce que ça donnera : perdre une heure devant YouTube pour tenter de reproduire la coiffure de Bethany, boire comme un trou pour réussir à me laisser aller un moment… En fin de compte, comme toujours, je secoue la tête et mens effrontément :

– Ça ne va pas être possible. Je dois être au restaurant, ce soir.

– N'importe quoi ! maugrée Ruoxi en faisant la moue. Ne me dis pas que tes parents vont te faire passer ta dernière soirée de lycéenne à préparer des pizzas !

Évidemment que non. En fait, ils sauteraient de joie si je leur annonçais vouloir aller à une fête pour retrouver mes camarades. Ils proposeraient sans doute d'offrir un baril de bière.

J'aurai toujours essayé. Mais Ruoxi lève les yeux au ciel.

– Tu as toute ta vie pour travailler, rappelle-t-elle en me tapotant le bras. Cet été, tu devrais commencer par t'amuser. Rien qu'un peu.

Ce qui m'arrache une grimace.

– Bon, d'accord, Madame je-vais-passer-l'été-en-colo-à-m'entraîner-au-piano-vingt-quatre-heures-par-jour.

– T'exagères, je crois que ça ne fait que vingt-trois heures quinze minutes par jour. Il faut compter des pauses pour manger une nourriture saine et aller aux toilettes. En supposant que tu fasses vite et ne parles à personne. Bon. Envoie-moi un texto si tu changes d'avis pour ce soir, d'accord ?

Aucune chance que ça se produise, mais je n'ai pas envie de commenter.

Par-dessus l'épaule de Ruoxi, j'aperçois ma famille qui attend devant les portes de la salle, mes parents arborant le même sourire niais, et mon petit frère, Jackson, qui joue sur son téléphone. Nonna agite ses deux bras, avec ses bracelets cliquetants, comme si elle essayait de faire atterrir un 747.

– Promis, dis-je à Ruoxi en l'étreignant de nouveau.

Je me faufile vers la sortie dans une rangée de sièges de velours rouge, râlant intérieurement lorsque ma toge de plastique s'accroche à un accoudoir de bois éraflé. Alors que je me dégage, j'entends quelqu'un m'appeler.

En me redressant, je me fige sur place, comme si je venais de pénétrer dans un chewing-gum géant : au milieu de la rangée voisine, j'aperçois Clayton Carville en personne, sa toge ouverte sur un pantalon bleu marine et une impeccable chemise blanche dont il a détaché le dernier bouton ; avec sa cravate desserrée, je vois le creux de sa gorge sous sa pomme d'Adam, où la peau semble si fine et fragile.

– Beau discours ! commente-t-il.

Mince.

– Toi aussi, dis-je machinalement, avant de me reprendre. Enfin… euh… Félicitations. Pour… ton diplôme.

Génial, Rachel. Beau travail !

– Merci, dit-il en penchant son crâne rasé d'un air presque timide. À un de ces jours ?

– Bien sûr !

Pour tout dire, j'ignore totalement de quel jour il parle. À la rentrée, il rejoint l'université de Marquette, si j'en crois le sweat qu'il s'est mis à porter depuis les vacances de printemps ; sinon, je n'ai aucune idée de ses projets d'avenir, mis à part qu'ils n'ont plus rien à voir avec les miens. Jamais je n'ai eu le courage de lui avouer ce que je ressentais pour lui, ni même de lui adresser la parole. Maintenant, c'est trop tard.

– Euh… Bonne chance pour la suite.

– Merci.

Et revoilà ce sourire, si prompt, si généreux. Le sourire d'un garçon qui ne s'est jamais demandé s'il allait à telle soirée ou non. Le sourire d'un garçon qui ne s'est jamais demandé s'il ne s'était pas complètement planté au cours des dix-sept premières années de sa vie.

– Salut, Rach.

– Hé, Clayton ! lance quelqu'un d'autre à travers la salle.

Et le voilà parti sans me laisser le temps de capter ce surnom, si facilement sorti de sa bouche. J'ignore combien de temps je reste plantée ici avant de me reprendre et de traverser la salle pour retrouver ma famille, non sans un dernier regard par-dessus mon épaule.

CHAPITRE 2

De retour à la maison, je me débarrasse de ma toge universitaire pour enfiler un legging et un pull, je noue mes cheveux en chignon au sommet de mon crâne, avant de dévaler l'escalier vers la cuisine.

– Voici notre fille ! lance mon beau-père en levant les yeux de ses mots croisés.

Il est assis à table devant un tas de bordel typique de la famille Walls : un catalogue de courses, deux verres d'eau abandonnés, la liste de mes aides financières pour Northwestern, le gant de base-ball de Jackson posé sur une pile de bouquins à rendre à la bibliothèque.

– Tiens, une case pour toi. « Début de l'université. » En trois lettres.

Le temps de réfléchir, je prends un grain de raisin sur la grappe légèrement desséchée du comptoir, et finis par dire :

– Fac.

Il répète le mot, l'écrit sur son jeu.

– Oui !

– Quelqu'un peut attraper ça ? lance maman en franchissant la porte du fond.

La moustiquaire claque bruyamment, tandis qu'elle vient m'embrasser sur le front avant de déposer deux énormes boîtes à pizza graisseuses sur le comptoir. L'un des avantages de posséder un fast-food italien : toutes les pizzas qu'on veut.

Et pas mal d'autres choses qu'on ne veut pas.

– Je me repasse mentalement ton discours, annonce-t-elle en détachant un sac plastique de son poignet.

Elle en sort des assiettes *Bravo les diplômés !* avec leurs serviettes assorties.

– Sérieux, Ma, tu as déjà entendu un discours aussi brillant de toute ta vie ?

– Jamais ! susurre Nonna depuis le canapé du salon. Elle était extraordinaire.

– Nous sommes très fiers de toi, continue maman en me prenant le visage entre ses mains.

Elle a les paumes rugueuses, les doigts pleins de petites coupures et les bras marqués de brûlures du four.

– Je suis excessivement fière !

Et mes yeux s'emplissent de larmes.

– Oh, oh ! Voilà les grandes eaux ! lâche Nonna en s'agrippant aux bras du canapé.

Elle nous prend toutes les deux dans ses bras. Comme d'habitude, elle sent le genièvre et le talc. Elle nous étreint avec sa force étonnante et je ne peux m'empêcher de songer à tout le travail que m'a coûté cette admission à l'université, qui va m'obliger à quitter notre maison, et à quel point cette perspective me rend triste.

– Très bien, ça suffit, finit par dire maman en se frottant le coin de l'œil. La pizza va refroidir.

– Elle est déjà froide, rétorque Jackson.

Il vient de surgir en bermuda et chaussettes, les cheveux dans tous les sens, bien que papa l'ait obligé à les coiffer pour la cérémonie. Mon frère fait bien ses douze ans.

– C'est toujours comme ça avec les pizzas *trop* spéciales.

– Doucement, marmonne papa en dépiautant les assiettes en carton de leur cellophane.

Il les étale comme un jeu de cartes avant de soulever le couvercle de la boîte à pizza, emplissant la cuisine d'une bonne odeur d'ail. À part ça, on aura également droit à des pepperoni, des olives noires, du piment doux et… beurk !

– C'est de l'ananas ?

Je n'ai pu m'empêcher de crier. Maman hausse les épaules.

– On ne va pas non plus jeter tous nos restes, même pour ce jour de fête. Tu n'as qu'à l'enlever.

Impossible. Contrairement à d'autres garnitures aisément retirables, l'ananas produit un jus dont on ne peut se débarrasser.

J'ai tout de suite envie d'examiner l'autre boîte pour m'aviser que ce qui s'y trouve est peut-être encore pire que l'ananas ; mais je me rabats sur la tranche qui en contient le moins. Écartant une pile de factures, je m'installe à table à l'instant où Nonna sort du réfrigérateur une cannette de limonade – sa marque préférée, jure-t-elle – et vient se glisser auprès de moi.

– Alors, souffle-t-elle. Dis-moi encore pourquoi tu es toujours là ?

– Tu sais que l'université ne commence qu'en automne ?

– Oui, merci. Je n'ai pas encore complètement perdu la tête.

Elle me balance une petite tape sur le crâne avec le paquet de serviettes, avant de l'ouvrir pour m'en tendre une.

– Le terrible et le grand, lance papa en face de moi. En cinq lettres. La troisième est un « a ».

Ce n'est pas une question, mais il attend une réponse. Nous jouons depuis longtemps à ses mots croisés tous ensemble ; cela fait partie des choses qui nous ont réunis à l'époque où il a épousé maman. Comme je ne réponds rien, il lève les yeux.

– Quoi ? Ne me dis pas que tu viens d'obtenir ton diplôme et que tu as déjà tout oublié.

– Tsars, dis-je en glissant un poivron dans ma bouche. Comme Ivan et Pierre.

Nonna cligne des paupières, l'air de ne pas comprendre. Alors j'insiste :

– Ivan le Terrible et Pierre le Grand !

– Vous voyez, elle est étonnante ! commente Nonna en m'embrassant sur le front comme maman tout à l'heure. Qui d'autre veut de la pizza ?

Elle dépose d'office une assiette devant mon père toujours plongé dans son monde énigmatique. Il prend la tranche, mord dedans d'un air absent.

– Alors ? reprend Nonna en s'asseyant à côté de moi avec sa propre part. Et cette soirée ?

La deuxième pizza est aux saucisses champignons. J'aurais dû m'en douter.

– On dirait Ru.

– Quoi ? demande-t-elle en haussant un sourcil. Ruoxi est à la soirée et pas toi ?

Là, je mens :

– Il n'y a pas de soirée.

– Laisse-la tranquille, dit maman.

L'une des choses que j'apprécie chez elle, c'est qu'au contraire d'à peu près tout le monde dans ma vie, elle ne m'ait jamais poussée à « sortir de ma zone de confort ! » ou à « tenter ma chance de temps en temps ! » Si quelqu'un me comprend, c'est bien elle : un seul faux mouvement peut vous écarter de votre route sans possibilité d'y revenir. Une seule erreur peut altérer le cours entier de la vie. Après tout, ça lui est arrivé, bien qu'elle ne l'ait jamais présenté sous cet angle. Mais elle ne m'a pas caché que je suis née quand elle était encore en troisième et que, jusqu'à sa rencontre avec Jim, elle était une mère célibataire qui tentait de m'élever avec ses pourboires de serveuse.

Elle était impulsive, au point de ne pas réfléchir avant d'agir. Et elle l'a payé cher.

– Et même s'il y avait une soirée, je n'irais pas, dis-je en avalant le reste de ma pizza.

Et puis je me lève, vais jeter mon assiette en carton. Je prends une cannette de soda, la brandis en guise de salut avant de me diriger vers l'escalier. Là, j'annonce :

– J'ai un rencard ce soir.

Une lueur traverse les yeux de Nonna, mais j'ajoute :

– Avec un livre.

– Que tu es mature ! commente-t-elle. Elle tient ça de toi.

Là, elle s'adressait à papa qui n'a toujours pas levé le nez de ses mots croisés. Elle le réprimande ostensiblement, mais je sais qu'ils apprécient tous deux l'idée qu'il puisse me transmettre quelque chose, en dehors de ses fichus gènes.

– « Bois de Boulogne, par exemple, » cite papa. Quatre lettres. Se termine par un « c ».

– Ne me demande pas, dit maman. Je parle italien, pas français.

– Parc ! je crie vers la cuisine.

Le rire de Nonna est la dernière chose que j'entends avant de fermer la porte de ma chambre.

***

Je ne plaisantais pas, avec Nonna – j'ai complètement l'intention de passer cet été à rattraper toutes les lectures non scolaires que j'ai mises de côté depuis quatre ans –, mais j'ai du mal à me concentrer alors que m'arrivent par la fenêtre les bruits de la soirée de Bethany. Les basses lancinantes d'une chanson de Beyoncé. Le plouf d'un vigoureux plongeon dans la piscine. Le rire d'une fille, aussi puissant que si elle était assise sur mon lit.

Je roule sur le matelas, pose les bras sur le rebord de la fenêtre, contemple l'obscurité bleu marine. J'adore la douce tiédeur du soir, l'atmosphère rappelle encore cette chaude journée. Je sens l'odeur du chèvrefeuille mêlée à celle plus âcre du ruisseau qui coule au fond du jardin. Je respire un grand coup, tout en regardant deux jeunes dévaler le ponton de Bethany avant de s'arrêter pile au bout. Là, ils se laissent tomber dans l'eau en riant, s'étirent pour regarder les étoiles, jusqu'à finir par rouler l'un vers l'autre et commencer à s'embrasser.

Les inconscients, me dis-je tout en concluant que ça me donne l'air plus âgé, plus rouillé que Nonna. À vrai dire, je ne sais même pas si c'est cette course ou ce baiser qui me semblent si risqués et déplacés.

Je me détourne juste à temps pour surprendre un autre couple dans le lointain, à peine visible parmi les pins : Clayton et Bethany. Je ne peux m'empêcher de les regarder plus attentivement.

J'ignore comment il faut interpréter la chose, mais je reconnaîtrais à cent mètres la démarche de Clayton, sa silhouette ; je me dis que c'est juste un testament à mon sens de l'observation et à mon engagement dans la recherche. Néanmoins, il reste que, jusqu'à aujourd'hui, Clayton et moi avons eu exactement trois contacts soutenus durant nos années de lycée, sans qu'on puisse en qualifier aucun de vraiment romantique. Ci-après, *les morceaux choisis de Rachel et Clayton* :

En troisième, on avait géométrie avec M. Rosen, ce sadique qui portait tous les jours des TOMS kaki, même en plein hiver, et qui organisait des concours de vitesse au tableau. Arrivée devant Victoria Ahmed, je croyais avoir gagné et m'apprêtais à effectuer un tour d'honneur lorsque je me suis rendu compte qu'en fait, j'avais écrit « Clayton de la multiplication » à la place de « Commutativité de la multiplication » en capitales sur le tableau…

En seconde, je choisissais un pot de glace tout juste emballé pour maman chez Moxie's lorsque je suis tombée sur lui en train de faire les courses avec sa famille – y compris sa mère, toujours à la dernière mode, et qui se penchait pour me murmurer poliment à l'oreille que j'avais ma jupe rentrée dans ma culotte. Et Clayton qui faisait comme si de rien n'était…

En terminale, je passais par le labo de chimie entre deux cours pour rendre un guide que j'avais emprunté à Mme Lee lorsque je suis tombée sur Bethany et Clayton en plein flirt. Trois mois ont passé, mais l'image demeure fixée sur mes rétines : Bethany installée au bord d'un banc, avec Clayton debout entre ses jambes, les mains remontant sur son jean jusqu'à ses cuisses. Ils y mettaient tellement d'enthousiasme que j'aurais sans doute pu m'éclipser sans me faire repérer, du moins si, dans ma surprise, je n'avais pas heurté tout un chariot de gobelets qui se sont répandus sur le linoléum dans un bruit d'explosion digne de Tchernobyl…

Ce soir, ils se retrouvent l'un en face de l'autre au bord de l'eau, sans trop se rapprocher, mais sans s'éloigner non plus. Bethany se penche une seconde – pour un baiser, peut-être ? –, mais je ne la vois plus. Je me dresse sur mes genoux afin de distinguer quelque chose à travers la moustiquaire, en regrettant de ne pas avoir de jumelles, mais ce serait un peu dépasser les bornes, même pour moi. De toute façon, leur mouvement ne dure qu'un court instant et elle s'éloigne de lui. Mince, et s'ils se disputaient ? Ce ne serait pas la première fois que je les surprendrais en train de s'embrouiller, depuis le perchoir de mon nid de corbeau. Un soir, l'été dernier, elle l'a carrément poussé dans le ruisseau.

Au bout d'un moment, Bethany retourne vers la maison en secouant la tête, les mains dans les poches de son short impeccablement déchiré. Je m'attends à ce que Clayton la suive, mais le voilà qui s'en va vers le ruisseau, se penche, ramasse deux petites pierres qu'il jette à l'eau dans de petits ploufs bien perceptibles. Et puis, sa tête se tourne vers ma fenêtre. Vers moi.

Le souffle coupé, j'essaie de maîtriser un mouvement de panique avant de me rappeler qu'il ne peut pas me voir.

Sauf que… et s'il me voyait ?

C'est là qu'il lève la main, l'agite.

Mince ! Il me voit.

Je plonge le visage dans l'oreiller en poussant un gémissement horrifié. Oui, je suis morte.

Je me dresse sur le lit, tends le bras vers l'interrupteur, m'immobilise un quart de seconde avant d'éteindre. Je trouve le courage de jeter à nouveau un regard dehors, cette fois à l'abri de l'obscurité, pour apercevoir le bord du ruisseau désert côté Bethany.

Derrière, la soirée bat son plein.

CHAPITRE 3

Ruoxi m'a interdit de venir lui dire au revoir, car elle part à l'aube, ce qui ne m'empêche pas de quitter mon lit douillet en cette fin de nuit d'été pour me pointer chez elle armée d'un thé Earl Grey au lait, acheté au Ground Up qui ouvre tous les matins à six heures pour accueillir les joggeurs de la plage.

Je lui tends la tasse et remarque aussitôt son maquillage qui a coulé, ses cheveux ébouriffés et la pâleur verdâtre de ses joues habituellement si fraîches.

– On dirait que tu t'es éclatée, dis-je d'un air taquin.

Sans répondre, elle se laisse tomber sur le perron de la maison de ses parents, ouvre le couvercle du gobelet, essaie d'avaler une gorgée.

– Oh là là ! gémit-elle en se cachant la tête dans les genoux. Pourquoi le soleil brille si fort ?

C'est à peine si une première lueur pointe au bord du lac, mais ce n'est pas le moment de souligner des évidences. Au bout d'un moment, Ruoxi se redresse avant de lâcher un rot bien sonore.

– Oh là là ! reprend-elle en se plaquant une main sur la bouche. Je suis un monstre. Pardon !

S'ensuit un large sourire tandis qu'elle commente :

– Mais c'était marrant. Il y avait une bonne centaine de gens, y compris, comme prévu, ton copain.

Je secoue la tête, omettant de mentionner qu'à cette heure, il doit être en train de déposer une ordonnance restrictive contre moi.

– Ce n'est pas mon copain ni mon rien du tout, d'ailleurs.

– Ah oui ! Carrie était là aussi.

Je ne réponds pas tout de suite ; le seul nom de Carrie me frappe toujours de la même impression de solitude et de regret. À l'époque du lycée, nous étions toutes les trois inséparables et formions un véritable triangle équilatéral ; du moins jusqu'à l'entrée en troisième, où tout a changé. Plutôt, où Carrie a changé.

– Oh, d'accord ! dis-je. Avec Bethany, elles sont comme obsédées l'une par l'autre.

– Encore maintenant ? demande Ruoxi en passant le pouce sur le couvercle de son gobelet de café. Elles se sont à peine regardées, cette nuit. En fait, Carrie restait plutôt dans son coin.

– Ah bon ? Vous vous êtes parlé ?

Je ne suis pas trop sûre de souhaiter que oui ou non.

– Pas vraiment, répond Ruoxi. Juste, bonjour, bonsoir, même si elle a l'air moins salope qu'avant. Peut-être qu'on s'arrange avec l'âge. Franchement, tu aurais dû venir.

– Je ne sais pas… J'ai l'impression d'avoir vécu toute la soirée d'ici.

– Et pas de regrets, ajoute Ruoxi après un autre rot.

Je l'aide à ranger le reste de ses affaires et les emporte vers la voiture, adresse un signe à ses parents avant de la serrer dans mes bras. Les téléphones portables ne sont pas officiellement autorisés au camp d'été d'Interlochen, mais on se promet d'échanger des textos aussi souvent que possible. Mis à part les quelques jours qui suivront son retour du camp, ce sont les derniers moments qu'on passe ensemble avant de partir pour la fac, et je nous sens aussi émues l'une que l'autre.

– Sérieux, reprend-elle alors que son père tapote impatiemment sur sa montre depuis le volant, essaie de t'amuser cet été, d'accord ?

– À classer les couverts et attendre l'addition ?

– Pas du tout. À mon retour, j'espère que tu me raconteras tes aventures.

– Bon, à vivre des aventures de cape et d'épée, alors ? Pigé.

Ça ne la fait pas rire.

– Sérieux, insiste-t-elle. Tu le mérites. C'est maintenant ou jamais, d'accord ?

– D'accord.

Pourtant, ça me donne la chair de poule. Je ne peux m'empêcher de penser qu'elle s'est saoulée à une soirée et, maintenant, elle se prend pour une experte de la vie sauvage et insouciante. Après tout, c'est cette même *Ruoxi* qui a sauté le bal de promo afin de répéter l'*Étude en la mineur* de Chopin pour la sept-centième fois. Et elle veut que je me détende ?

Et – mince, pourquoi est-ce que ça m'obsède tout d'un coup – si elle avait raison ?

– Profite bien, dis-je en l'étreignant une dernière fois au soleil levant.

Elle m'adresse un signe par la fenêtre tandis que la voiture démarre.

***

– Deux Gondolas, lance mon père vers la cuisine du restaurant.

En cette fin d'après-midi, sur un fond de rock en sourdine, il passe les commandes tandis que bouillonne une énorme casserole de sauce tomate.

– Un porc, un poulet ! Et quelqu'un peut s'occuper des bâtons de mozzarella ?

Je jette un coup d'œil à la pendule au-dessus de la caisse. *Soixante-dix-sept jours, dix-huit heures, vingt-deux* – vingt et une – *minutes.*

C'est tout le temps qui me reste *avant.*

Avant de partir pour Northwestern. Avant que ma vie puisse vraiment commencer.

Et c'est si près que je le *ressens* déjà.

En même temps, je reste concentrée sur mon travail, tout en écoutant Lionel Richie d'une oreille. Les Gondolas sont essentiellement des sandwiches améliorés garnis de viande froide, de provolone, de tranches de tomate et d'une feuille de laitue ; en fait, le seul produit vraiment italien serait le pain fabriqué par Nonna. Ce qui ne change rien au fait que notre humble restaurant fait l'objet d'une véritable dévotion. Sans doute parce qu'on y trouve beaucoup de nourriture pour à peine cinq dollars.

Je coupe un sandwich en deux et plante dans chaque portion notre-petit-drapeau-italien emblématique avant de déposer les paniers bateaux rouge et blanc sur le passe-plat et de crier :

– Commande prête !

C'est là que Miles se faufile dans la cuisine par la porte arrière, attrape son tablier sur le portemanteau et ôte sa casquette de base-ball DiPasquale pour libérer ses boucles brunes.

– Il serait temps, dis-je avant de lui désigner la friteuse. Je commençais à croire que j'allais rester coincée à te remplacer tout l'après-midi.

– Désolé, répond-il en soulevant le panier pour déposer les bâtons de mozzarella sur une assiette. J'ai été retenu.

– Ah bon ? Qu'est-ce que tu faisais, au juste ?

Il relève vers moi son visage olivâtre.

– Tu veux vraiment le savoir ?

– Ça va, ne dis pas de saletés.

– Je n'ai rien dit ! Si tu as l'esprit mal tourné, c'est toi que ça regarde.

Il sourit, montrant une canine tordue :

– Au fait, c'était bien, ce que tu as dit hier.

– Euh… merci.

J'attends l'inévitable plaisanterie qui va s'ensuivre et, comme rien ne vient, je hausse un sourcil. En fait, je ne l'ai jamais entendu se montrer aussi sympa. On a pratiquement grandi ensemble, Miles et moi ; nos grands-parents étaient des amis d'enfance et, lorsque mon père biologique (ou, comme je le désignerais plutôt, mon donneur génétique) s'est barré, la mère de Miles a insisté pour qu'on reste quelques mois dans l'appartement au-dessus de leur garage, le temps que maman parvienne à se ressaisir. Et puis, ces *quelques mois* se sont transformés en quatre années, durant lesquelles Nonna a eu tout le temps de prendre un million de photos floues de nous à la plage, chose que Miles adore me rappeler chaque fois qu'il en a l'occasion.

– Non, sérieux, reprend-il en déposant les bâtons de mozzarella sur le passe-plat.

Puis il se retourne, prend la commande suivante sur l'imprimante.

– L'entropie, ce mouvement inévitable vers le chaos, et tout… J'ai bien aimé.

– Ah oui ? dis-je, assez flattée malgré moi.

– Ouais.

Et puis il m'examine ostensiblement des pieds à la tête.

– Trop stylé, cette langue de geek !

Cette fois, je retrouve bien le vrai Miles. J'ôte mes gants en caoutchouc, les jette à la poubelle :

– Bon, d'accord ! Ça suffit comme ça. Alors je vais reprendre mon vrai job. Essaie juste de ne pas t'enflammer à ton tour. Tu crois que tu vas y arriver ?

Il part de son étrange rire trop grave pour lui.

– Tu sais que tu m'aimes, Rachel Walls.

– Sûrement pas !

Sans lui laisser le temps de répondre, je passe la porte battante qui mène à la salle. Derrière le comptoir, Nonna hausse un sourcil en me voyant arriver, avec ce regard qu'elle me décoche chaque fois qu'elle m'entend parler à Miles.

Et, comme toujours, je mime un haut-le-cœur.

Ce n'est pas comme si Miles était dégoûtant ou quelque chose de ce genre – en fait, il a son fan-club au DiPasquale, ce groupe de lycéennes qui viennent boire des sodas dans un coin proche du passe-plat tous les soirs où il travaille. Mais il est tellement *odieux*. Le genre à jouer l'avocat du diable pour le plaisir de provoquer. Il porte jour après jour le même tee-shirt *Winter Is Coming*. Il est intelligent – il a littéralement construit un ordinateur dans sa cave, l'année dernière –, mais ne possède à peu près aucun diplôme car il détestait étudier.

C'est aussi le seul garçon qui se soit intéressé à moi de toute ma vie, mais peu importe.

Sans tenir compte de mes mimiques dignes d'un Oscar, Nonna revient à sa conversation avec l'un de nos habitués périodiques, un mec âgé qui vient chaque année passer ici quelques semaines d'été. Il dit quelque chose et elle pouffe de rire, envoyant ses cheveux gris sur le côté tandis qu'elle penche la tête.

– Je vais avoir un nouveau grand-père ? dis-je pour la taquiner une fois qu'il est parti s'asseoir dans la salle surpeuplée. Vous jouez à quoi, là ?

– C'est bon, Madame la juge, répond-elle en me claquant les fesses à l'aide d'un menu plastifié. Je flirtais. Tu devrais essayer, toi aussi, de temps en temps.

– Pour quoi faire ?

Je devrais plutôt demander : avec qui ?

– Pour le plaisir. Et, parfois, ça fait du bien de savoir qu'on est toujours dans le coup.

Je m'apprête à répondre lorsque retentit un énorme éclat de rire. D'un coup d'œil, je parcours le restaurant et, soudain, mon cœur se retourne. Clayton Carville est installé dans un box près de la fenêtre, avec Bethany collée contre lui et Spencer Thomas en face. Le rire provenait d'elle ; je vois encore ses cheveux blonds qui dansent sur son dos tandis qu'elle tend une main vers la joue de Clayton.

Bon. Finalement, ils n'ont pas dû s'embrouiller tant que ça.

– Qu'est-ce que tu fais encore là ? demande doucement Nonna. Mia arrive dans vingt minutes pour m'aider. Va rejoindre tes amis.

Mes joues s'enflamment et je secoue la tête :

– Tu sais aussi bien que moi que ce ne sont pas mes amis.

– Qui sait ? Ça peut évoluer.

Je serre les dents. Comment répliquer qu'au lycée je n'ai pas eu le temps de me faire des amis ? Je ne m'occupais que de Ruoxi qui ne s'occupait que de moi. À vrai dire, j'avais l'impression qu'en agrandissant mon cercle social, je risquais surtout de gâcher toute mon énergie. Pourquoi passer une période parfaite pour les études à tâcher d'entretenir une conversation avec quelqu'un qui n'aurait sans doute pas voulu me parler quand j'avais tant de tests à préparer, de dissertations à rédiger, de jurys d'admission à impressionner pour la fac ? Pourquoi m'infliger ces confrontations – en courant le risque de me voir rejetée, gênée, blessée – alors que je voyais déjà précisément ce que je risquais ? Après tout, je ne connaissais que trop bien mes camarades de classe. J'avais parcouru leurs flux Instagram, je les avais entendus bavarder dans les toilettes de l'école, vus se disputer et se réconcilier depuis ma cachette derrière la fenêtre de ma chambre. Pour peu que je n'y réfléchisse pas trop, c'était presque comme si j'y passais moi-même.

– Bon, reprend Nonna, si tu tiens à rester, va leur proposer du soda, tu veux, Patatina ? Je le ferais bien si je n'avais pas mal aux genoux.

Elle ment et on le sait aussi bien l'une que l'autre – elle a couru ses cinq kilomètres ce matin comme tous les jours de sa vie –, mais elle s'est mis dans la tête que si je m'approchais de leur table, Bethany et ses amis allaient brusquement devenir mes meilleurs potes, ceux avec qui on se prend des batailles d'oreillers et qu'on fréquentera encore dans dix ans, quand il sera temps de se tendre à chacun nos bébés.

Pourtant, je devrais reconnaître qu'il vaut souvent mieux faire ce que Nonna préconise, si bien que j'attrape le pichet sans davantage me faire prier. J'ai à peine effectué trois pas que Bethany se met à couiner comme un chiot :

– Pardon ! lance-t-elle en tendant une main manucurée dans ma direction. On pourrait en avoir encore ?

Je me tourne vers leur box et vois Clayton en train de me regarder, l'air de me reconnaître ; encore que je ne suis pas sûre que son expression trahisse quelque chose comme : *Hé, toi, la fille dont j'ai apprécié le discours hier*, ou, *Hé, Madame la voyeuse, ne m'enlevez pas pour m'enfermer dans votre cave*. Franchement, ce pourrait être l'un ou l'autre.

Prends les deux, Walls.

– Bien sûr, dis-je en soulevant la cruche pour me faufiler dans leur direction.

Mon cœur bat trop fort, mes joues me brûlent. Je m'approche du premier verre que je vois, celui de Bethany, mais avec cette foule, je dois un peu tordre le bras, au point qu'il se met à trembler. *Attention à ne pas...*

La cruche se penche et, avant que je ne puisse la redresser, répand son contenu, tout de glace et de soda.

Sur les genoux.

De Clayton.

Carville.

Bethany écarte Spencer de la table avant de sauter en arrière dans un cri strident, l'air folle de rage. En même temps, les autres – Tricia Whitman et Trevor Cheng, me dis-je machinalement – réagissent tout aussi vite dans un chapelet d'injures et de cris.

Le visage de Clayton se tord, ses yeux verts s'écarquillent. Mais il ne peut se redresser car il se trouve au fond du box.

– Oh merde ! Pardon.

Je ramasse un paquet de serviettes sur une table voisine sans demander l'autorisation aux clients qui l'occupent.

– C'est complètement ma faute. Je...

J'arrive vers lui pour tenter d'essuyer tout ce liquide.

Il écarquille davantage les yeux.

Un peu trop tard – *beaucoup, beaucoup trop tard* – je me rends compte que je suis en train de tapoter l'entrejambe de Clayton Carville.

– Oh non !

Ce n'est pas possible. C'est... je refuse.

– Je suis...

J'enlève ma main comme si je venais de me brûler, sauf que tout mon corps est en feu.

– Je voulais essayer... je...

Le murmure habituel des voix, le tintement des glaçons dans les verres, le crissement des couteaux dans les assiettes, tout s'est arrêté. Le silence n'est plus brisé que par le tas de serviettes mouillées tombant au sol.

– Je vais tout de suite... dis-je encore en désignant la cuisine. Bon, d'accord.

Sans plus attendre de voir son expression changer – je ne crois pas que ses yeux pourraient s'écarquiller davantage –, je file en direction du cagibi de rangement. Jamais je n'ai autant apprécié cette nappe accrochée sur une tringle, avec son odeur d'ail et d'huile d'olive, mais pour le moment, elle m'offre surtout un abri où disparaître.

Je m'appuie sur l'étroit comptoir à proximité d'un évier rempli de plats sales, me frotte les yeux en songeant que je pourrais sans doute me cacher ici jusqu'à ce que Clayton et ses amis s'en aillent. Ils ne vont tout de même pas rester plus longtemps ici. Je sors mon téléphone de ma poche et envoie un texto à Ruoxi où je lui raconte ce qui vient d'arriver. Apparemment, comme je ne reçois aucune confirmation de distribution, elle a déjà éteint son appareil.

Si bien que je me retrouve sans plus aucun ami.

Jusqu'à ce que j'entende la voix de Bethany à la caisse.

– C’est bon, répond Nonna, on vous offre les sodas.

Et puis résonnent les cloches de la porte au moment où ils sortent en direction du parking. Je laisse échapper un long soupir tremblé, passe mes mains poisseuses dans mes cheveux avant d’ouvrir le rideau…

Pour un peu, je manque rentrer dans Clayton qui sort juste des toilettes, le haut de son pantalon complètement trempé.

– Désolée, dis-je aussitôt en levant les bras. De t’avoir arrosé et…

Et quoi, Rachel ? De l’avoir carrément tripoté sur ton lieu de travail avec un paquet de serviettes en papier ?

– … enfin, tout ça.

– C’est bon, répond-il. T’inquiète.

– Je crois que je m’en voudrai toute ma vie. Jusque dans ma maison de retraite, où je ne saurai plus mon nom ni comment me nourrir, je m’en souviendrai encore.

Ça le fait rire, alors que je ne plaisantais pas du tout.

– Arrête, je me suis déjà pris une glacière sur la tête pendant un match. J’ai l’habitude.

Je baisse la tête, m’essuie les paumes sur mon pantalon noir. Il m’en fait des politesses ! Il ne pourrait pas m’envoyer balader, pour que je puisse passer à autre chose ?

– Merci, je balbutie.

Je m'attends à ce qu'il s'en aille, mais il parcourt le restaurant du regard, passant de l'étagère à desserts, pleine de tiramisus et de cannolis, aux photos noir et blanc de Venise, à la pile de pubs pour promeneurs de chiens ou pour la représentation d'*Un violon sur le toit* par les enfants du quartier.

– Comme ça, demande-t-il, tu travailles ici ?

– Oui.

Inutile de préciser que ce n'était pas la première fois que je le servais. Il est déjà venu un dimanche soir avec ses parents, et ils se sont installés près du poste de télévision pour commander une pizza et des salades Caesar. Je me souviens même que son père et sa mère se sont disputés à voix basse et que je n'arrivais pas à distinguer ce qu'ils se disaient, bien que je me sois rapprochée en faisant mine de nettoyer toutes les tables voisines. J'avais plus ou moins oublié cela jusqu'à maintenant, comme si je tenais cette anecdote écartée de toutes les informations que j'entretiens sur Clayton à longueur de journée.

– Ça appartient à mes parents.

– Ah, cool !

– Parfois, c'est un peu spécial. Comme aujourd'hui où j'ai renversé tout un pichet de soda sur un mec de mon lycée, et puis…

Il s'esclaffe de nouveau, cette fois d'un ton grave, presque enroué ; j'ai donc eu droit à deux rires de Clayton Carville en une conversation et je m'en sens presque contente, du moins avant qu'il ne rouvre la bouche :

– Tu sais, la prochaine fois, tu devrais venir à la fête au lieu de la regarder de chez toi.

Morte de honte. Je ne sais même pas quoi répondre. Il m'a *vue*. Je me cache le visage derrière la main.

– Pardon. Tu dois me prendre pour une malade.

– Mais non, je ne dis pas ça.

Et là, sans s'expliquer davantage, il change de sujet :

– Tiens, tu connais mon pote, Spence ? Le mec qui était avec moi ?

– Celui qui doit t'attendre dehors en ce moment ? *En se demandant pourquoi tu perds ton temps à discuter avec la plus tarée des derniers diplômés de Westfield ?*

– Oui, lui, sourit Clayton. Il reçoit quelques amis ce soir, tu devrais venir.

J'en suis tellement estomaquée que je ne peux m'empêcher de crier :

– Tu m'invites à une soirée ?

Il penche la tête de côté.

– Ben, pourquoi pas ? Ça te va ?

– Oui, non, c'est bon, seulement…

Je m'interromps devant l'image qui s'impose à moi : la foule qui se presse, l'odeur aigre de la bière, ce bruit qui va m'agresser.

Le bras de Clayton se pose sur mes épaules, sa bouche veloutée sur la mienne.

Je m'apprête à lui répondre que peut-être – mince, vraiment, peut-être ? – lorsque la porte d'entrée s'ouvre dans un nouveau tintement.

– Clay ! lance Bethany d'un ton impatient, en nous regardant l'un après l'autre. Tu viens, oui ou non ? Qu'est-ce qui se passe ?

– Tout va bien, assure-t-il. J'arrive.

Elle n'a pas l'air très convaincue.

– Bon, mais dépêche-toi.

Alors qu'elle s'éloigne, je secoue de nouveau la tête, laissant la sagesse reprendre les commandes. Dans quoi étais-je prête à me laisser entraîner ?

– Je travaille, ce soir, dis-je en plissant le nez pour appuyer mon mensonge.

Comme si j'étais trop déçue – ce qui est bien le cas, quelque part, sans trop que je comprenne pourquoi. J'ajoute vite :

– Mais merci pour l'invitation.

– Pas de souci.

Apparemment, il n'en a pas grand-chose à faire. Il doit passer son temps à inviter des gens, y compris le facteur. Ça ne veut rien dire.

– Il habite sur Lilac Court, si tu changes d'avis.

– Je sais. Enfin…

– C'est cool, Rach. Alors, bonne soirée.

– Toi aussi.

J'ai répondu ça machinalement, trop impressionnée par ce *Rach* pour bien savoir ce que je disais. Alors que Clayton s'éloigne, je reste un long moment sur le seuil du restaurant à regarder la brise estivale bruire dans les arbres feuillus qui nous entourent.

***

Pour autant que je sache, Clayton sort toujours avec Bethany. En même temps, il m'a invitée à la fête de Spencer Thomas…

Moi qui avais l'intention de passer la nuit sur Netflix – il y a un documentaire sur les secouristes en Syrie – mais, même dans mon lit, avec une boîte de petits pains à l'ail, je n'arrive pas à me détendre. D'un seul coup, j'ai l'impression que ma chambre déborde des débris de ma vie, à m'en rendre claustrophobe : le ruban du premier prix de sciences accroché au tableau. Le tee-shirt de la National Honor Society pendu sur la chaise. Les preuves de ce que j'ai accompli – ou pas – qui m'encerclent de toutes parts.

D'un seul coup, je sors du lit, vire tous mes vêtements du placard pour les classer en deux piles : à jeter et à garder. Ensuite, je prépare des documents pour la fac, puis me maquille. Je viens à peine de me plonger dans mes livres quand maman frappe de deux doigts à ma porte, l'air de m'observer depuis un moment.

– J'espère que tu remercies tout ce qui t'entoure, dit-elle en entrant.

– Évidemment, et je fais aussi des origamis en forme de cygnes avec mes chaussettes.

– La prochaine fois, tu en feras avec les miennes. Dis-moi, la friperie est encore ouverte pendant deux heures. Tu veux qu'on aille y faire un saut et manger une glace avant de rentrer ?

– Je ne sais pas, je dois vérifier si j'ai le temps.

Elle sourit, mais je sens une profonde tristesse derrière ses paroles, et comment le lui reprocher ? Après tout, sa fille de dix-sept ans passe son premier samedi soir de fin du lycée à ranger sa chambre.

– Dis-moi quand tu seras prête, ajoute-t-elle.

J'étais invitée à une fête ce soir ! ai-je envie de lui crier. *Par Clayton Carville !*

Et j'ai préféré… ne pas y aller.

Je récupère un vieux livre de poche que je ne reconnais pas immédiatement : *Une saison de oui !* de Dr Paula Prescott. La couverture montre une femme, la tête négligemment posée sur la main, avec ses cheveux longs, son fard à paupières bleu et ses énormes lunettes à monture turquoise typique de 1982.

Je le prends, le retourne pour lire la quatrième de couverture. Quel malade faut-il être pour suivre les conseils de cette femme ?

Pourtant, dès les premières pages, je constate que des paragraphes entiers ont été soulignés et annotés. « Faites confiance à la liberté ! », commente Nonna de son écriture ferme. Voilà sans doute ma réponse. Je m'apprête à balancer le bouquin dans la pile à-remettre-au-salon quand un passage retient mon attention : *La liberté de dire « oui ! » à sa propre vie, c'est également la liberté d'assumer sa vraie nature. Si vous vous sentez bloqué, ralenti, si vous avez l'impression de gaspiller votre potentiel, ce livre est pour vous.*

L'autrice présente un plan en trois étapes pour obtenir un résultat avec sa méthode, mais il semble essentiellement se résumer à ceci : nous sommes, comme l'a dit Aristote, ce que nous faisons de manière répétée. Ainsi, pour peu que nous disions oui aux opportunités, aux gens, aux expériences, nous répondrons à notre nature la plus vraie, la plus complète.

J'y réfléchis un moment, assise au bord de mon matelas. Je réfléchis à ces quatre dernières années, et aux treize qui ont précédé. Bien sûr, mon habitude de répondre non pour ainsi dire à tout m'a valu le titre de major de promotion et une admission à la fac de mes rêves. Mais ça m'a également amenée… là.

Seule.

Je feuillette les pages d'un pouce en respirant leur odeur vieillie. Et si Paula Prescott avait raison ?

Si, pour une fois, je disais… oui ?

Je sors mon téléphone de ma poche. Il n'est que dix-neuf heures. Je pourrais accompagner maman à la friperie, m'offrir deux boules de chocolat et rentrer voir mon documentaire sur la Syrie.

Ou alors accepter l'invitation de Clayton.

Sans y réfléchir davantage, je vérifie mon maquillage, sors un baume à lèvres parfumé, me regarde dans la glace, enroule mes mèches rousses autour d'un doigt dans l'espoir de leur donner un aspect plus « naturellement frisé. »

Je n'obtiendrai pas mieux et je le sais bien.

Et je descends l'escalier vers le salon.

Mes parents regardent une série à la télévision ; en temps normal, je me serais volontiers jointe à eux. Quant à Nonna, elle fait des mots croisés dans son canapé.

– Tu es prête ? demande maman.

Elle ôte les pantoufles qu'elle porte avec son jean, tout en cherchant des yeux ses baskets.

– On pourrait reporter à demain ? dis-je d'un ton gêné. Il se trouve qu'en fait… je suis prise, là.

– Bien sûr, répond-elle, l'air intrigué. Tu vas quelque part ?

Nonna semble soudain sur le qui-vive. Je prends un air aussi décontracté que possible.

– Il y a une soirée… et j'ai un peu envie d'y aller.

Maman me dévisage un long moment, comme si je venais de lui dire que j'allais poser pour des photos en bikini, entourée de belles voitures.

– Bon, conclut-elle. Très bien. Tu veux qu'on t'emmène quelque part ?

– Non, je peux y aller à pied.

– Ton téléphone est rechargé ?

– Oui.

– Alors, tu peux nous appeler s'il t'arrivait…

– Maman ! dis-je avec un petit rire. Je ne sais même pas si je vais vraiment y aller, alors ne m'oblige pas à tout remettre en question.

– Vas-y ! s'écrie Nonna en agitant son magazine. Vis ta vie, amuse-toi !

Je leur adresse un signe, puis file vers l'entrée, dévale le perron avant de changer d'avis. Et pas la peine de me retourner pour savoir qu'elle et ma mère me regardent par la fenêtre. J'essaie de les ignorer, ainsi que les palpitations de mon cœur, tout en dévalant la rue dans ce soir d'été rosé – vers ma première soirée de lycée.

CHAPITRE 4

Je suis à deux rues de la maison de Spencer Thomas lorsque le doute m'envahit assez pour noyer les affirmations les plus optimistes de Paula Prescott. Mince, qu'est-ce que je fais, là ? Je vais vraiment me pointer dans la maison de cet inconnu – complètement seule – comme si j'arrivais chez moi ? Je ferais mieux de rentrer regarder Netflix.

Et puis je me rappelle que c'est Clayton qui m'a invitée. Et que je suis devenue une personne qui dit oui, maintenant.

Je m'engage au coin de la rue lorsqu'une voix derrière moi m'interpelle :

– Yo, Jacobs !

Je me retourne pour apercevoir Ethan Watson, un autre joueur de foot.

– Oh ! lâche-t-il en s'apercevant que c'est moi. Désolé. Je t'ai prise pour quelqu'un d'autre. Tu vas chez Spence ?

Bon, trop tard, je ne peux plus reculer.

– Euh… oui ?

Je m'attends à un regard de travers, mais non, il hoche juste la tête.

– Super, dit-il en me rejoignant.

Il porte un short kaki et un sweat *Université du Michigan*, une paire de baskets immaculées qui ne font que mieux ressortir sa peau foncée.

– C'était bien ton truc, hier.

– Merci, dis-je surprise.

– J'aurais complètement chié dans mon froc s'il avait fallu que je fasse un discours devant tous ces gens.

Il ouvre la porte d'entrée de Spencer avec une autorité qui achève de me confondre.

– Après toi, dit-il.

Je suis déjà entrée dans cette maison, pour travailler sur un projet de groupe en seconde, une présentation pour le cours de bio sur les dangers de la cigarette. Spencer l'avait trouvé un peu ampoulé, pourtant, ça nous avait valu un A.

Cette maison est encore plus grande que dans mes souvenirs : neuve, avec une gigantesque entrée et des fenêtres partout, les chambres conduisant les unes aux autres au lieu de se succéder à des angles bizarres comme chez moi. Je reste un instant au pied de l'escalier, à observer les énormes peintures abstraites et le lustre futuriste. Ethan s'apprête à entrer dans la salle à manger quand il s'aperçoit que je ne le suis pas.

– Yo ! crie-t-il encore en sortant des bières de son sac à dos. Tu viens, ou quoi ?

– Oui.

Cette fois, ça m'est venu plus facilement. Je le suis vers le fond de la maison.

On traverse une cuisine tout droit sortie d'une pub, pour descendre un escalier recouvert de moquette menant au sous-sol. Moi qui m'attendais à une fête monstrueuse où les gens se bousculeraient, se saouleraient et vomiraient dans les pots de fleurs, comme dans un film des années 90, je ne découvre qu'une douzaine de personnes éparpillées à travers un espace formé de deux chambres, d'une salle avec un canapé d'angle en cuir de la taille d'un porte-avions, et d'une autre cuisine. Tricia Whitman et deux de ses amies entourent la table de billard, où Spencer et Trevor Cheng se défient sur celui d'entre eux qui triche. Sierra Woodfolk et Joanna Green fabriquent des mini-pizzas pendant que deux garçons de l'équipe de foot jouent à *Warcraft* sur un grand écran de télé.

En principe, ce spectacle devrait apaiser mon anxiété, pourtant, je me sens encore plus angoissée que j'aurais pu l'être hier soir chez Bethany. Ces gens sont tous des amis, tandis que moi…

Que suis-je au juste ?

Depuis mon entrée, je cherche Clayton du regard, mais je ne le vois pas. Je me demande si je ne devrais pas aller jeter un coup d'œil en haut, s'il n'y a pas un autre groupe quelque part, lorsque James Chemaly apparaît, en short de basket et tee-shirt, un gobelet rouge à la main.

– Yo, E ! lance-t-il à Ethan d'une voix traînante.

Puis son attention se porte sur moi :

– Et toi… l'autre fille.

– Rachel, dis-je pour me présenter.

Comme si on ne se connaissait pas, depuis trois ans qu'on fréquente à peu près les mêmes cours. Il sortait alors avec Miriam Harris, mais elle a un an de plus que nous et, comme elle a disparu du Snapchat de James depuis Noël, je suis prête à parier qu'ils ont rompu quand elle est partie pour la fac.

– Cool ! répond-il machinalement avant de se préparer un autre verre.

Bon, d'accord. Je me retourne vers Ethan dans l'espoir qu'il me soutienne, sauf qu'il est allé rejoindre les joueurs de *Warcraft* en me laissant seule devant un sac presque vide de Tostitos. J'avale le reste, sans trop savoir que faire d'autre, en priant pour ne pas avoir l'air d'une totale loser qui n'aurait plus personne à qui parler. Tricia Whitman éclate de rire devant le billard – et… non, elle se moque de moi ?

Ce ne sont pas mes amis. Je n'ai rien à faire ici…

Et voilà que j'aperçois Clayton par la porte entrouverte d'une des chambres.

Il est assis, un genou sur le rebord en fer forgé d'une méridienne, les doigts enlacés avec ceux de Bethany. Ils penchent tous deux la tête l'un vers l'autre, comme s'ils bavardaient. Il a changé de vêtements depuis cet après-midi – bien obligé, me dis-je amèrement, puisqu'une espèce de débile a renversé du soda sur ceux qu'il portait – son Henley gris, remonté sur les coudes, laissant apparaître un bracelet d'amitié en fils de laine sur son poignet bronzé. Il la regarde comme si personne d'autre n'existait dans tout le Michigan.

Comme si elle était le seul être vivant dans tout le monde entier.

Bethany hausse les épaules, l'air de l'implorer.

– Je ne sais pas quoi faire.

C'est tout ce que je l'entends dire. Je me demande s'ils se disputent encore, bien que ça ne me concerne pas.

Bien que rien ne me concerne dans cette maison.

Clayton s'apprête à répondre quand, depuis la table de billard, Spencer crie brutalement :

– Non, mais quel tas de merde !

Il s'adresse à Trevor, et tous deux se sont arrêtés de jouer. Furieuse, Bethany lance les bras en l'air avant de se lever pour nous claquer la porte de la chambre au nez.

Une seconde avant qu'elle se ferme, Clayton regarde dans notre direction…

Et me voit.

Mon cœur se retourne, m'emplissant la bouche d'une odeur d'ail. Impossible de supporter l'idée que Clayton est au courant de ma présence, qu'il sait que je suis bel et bien venue, que j'ai répondu à son invitation ; je me sens fondre en poussière. Qu'est-ce que je croyais ? Je ne suis pas quelqu'un qui dit oui. Je dis non. Depuis toujours. Et pour toujours.

Dans un grand soupir, j'essaie de me concentrer sur ce qui m'attend, comme pour un examen ou un exposé depuis quatre ans. Je peux m'en sortir. Il me suffit de traverser ce sous-sol aussi vite que possible, de trouver mon chemin vers la sortie et de passer le reste de l'été à faire comme si rien de tout ça n'était arrivé. J'atteins presque le pied de l'escalier lorsque…

– Rachel ?

Je me retourne pour découvrir Carrie Whiting-Bryant assise dans le canapé d'angle, ses pieds nus sur la table basse, une cannette de bière dans sa main brune. Carrie Whiting-Bryant qui faisait partie de mes meilleures amies.

– Qu'est-ce que tu fais là ? demande-t-elle, surprise, mais sans la moindre agressivité.

Elle se lève, titube un peu en venant dans ma direction.

– Oh… je… euh…

Je serre les lèvres sans comprendre pourquoi je me sens soudain au bord des larmes.

– En fait, je me posais la même question.

– Normal, répond-elle, l'air de capter ma présence beaucoup plus fort que n'importe qui d'autre ici. Ça va ?

– Walls ! crie Ethan en arrachant une fléchette de sa cible. T'es encore là ?

Il en lance plusieurs qui vont se planter dans un étroit rectangle noir.

– Je croyais que tu t'étais déjà barrée, ajoute-t-il.

– Attends, dit Carrie en agitant ses longues nattes. Vous êtes venus ensemble ?

– Quoi ? répond-on en chœur. Non.

– On est juste arrivés en même temps, explique-t-il avant de désigner la cible. Alors, les filles, trois-zéro-un. Qui joue ?

– Pas moi, dis-je en regardant l'escalier. Mais amusez-vous.

Une fois qu'ils seront occupés avec ce jeu, personne ne me verra filer.

– Arrête ! dit Ethan en me tendant trois flèches. C'est juste des maths.

– Des maths et aussi vérifier que personne ne se trouve entre toi et ta cible, rétorque Carrie avec un sourire. Ethan, tu te rappelles quand Spence était coincé dans ce…

– Personne ne veut plus en parler ! crie Spencer à travers la pièce.

– Walls, insiste Ethan. Tu ne vas pas laisser un mec se débrouiller tout seul ici ?

Je me tourne vers Carrie qui m'interroge du regard. D'un côté, je n'ai qu'une envie, rentrer soigner mes blessures dans le refuge de ma chambre récemment rangée.

D'un autre : que ferait Paula ?

Et je m'entends répondre :

– D'accord ! Comment ça marche ?

On joue toute la demi-heure qui suit, Carrie servant d'arbitre aussi bien que de pom-pom girl. Le temps qu'Ethan aille se chercher un autre verre, ma gêne et mon embarras m'ont presque lâchée. Sauf que je ne peux m'empêcher de jeter un regard vers la chambre où se trouvent Bethany et Clayton. La porte demeure complètement fermée.

Une fois qu'on se retrouve seules, Carrie saute avec souplesse sur un tabouret de bar et se met à siroter sa bière.

– Alors, quoi de neuf ? demande-t-elle.

J'hésite, un peu prise de court, comme si tout ce que je pouvais lui répondre me paraissait à la fois trop et trop peu, après tant de temps.

– Pas grand-chose, en fait.

– Sérieux ? s'esclaffe-t-elle.

Je me sens frémir :

– Quoi ?

– Bon, rien.

Au collège, elle prenait des cours de danse pour devenir ballerine, mais tous ses comptes de réseaux sociaux sont réglés en mode confidentiel, si bien que j'ignore si elle continue ou non. À la voir ainsi tenir son corps, j'opterais pour un oui.

– Je veux dire, poursuit-elle, qu'on ne s'est plus parlé depuis trois ans et demi, mais si tu t'accroches à ton « pas grand-chose », c'est toi qui vois.

Là, je me sens carrément vexée. *Je n'ai pas tellement changé depuis,* ai-je envie de répondre.

Je crois que c'est plutôt ça le problème. Du coup, j'annonce impérieusement :

– Bon, alors, j'ai fini par avoir mes règles. Si c'est le genre de nouvelle qui t'intéresse.

Elle éclate de ce rire à gorge déployée qui nous mettait en joie lors de nos soirées pyjama, quand un de ses papas nous criait du bas de l'escalier de la fermer et de dormir.

– Quelle tarée ! lance-t-elle affectueusement. Contente pour toi. Bienvenue dans le monde de la féminité, etc.

– Merci, dis-je dans un ricanement.

Elle avale une dernière gorgée de sa cannette, saute de son tabouret en la brandissant dans ma direction.

– Je vais en chercher une autre, annonce-t-elle.

– Oh… D'accord.

J'essaie de cacher ma déception. Je me rends soudain compte qu'elle m'a beaucoup manqué, sans doute davantage que je ne l'aurais pensé.

Levant les yeux au ciel, elle me désigne la cuisine :

– Tu veux venir ?

– Moi ?

– Non, l'autre Blanche à l'air égaré… Oui, Rach, toi !

Je la suis avec un sourire penaud, regarde les joueurs de *Warcraft* s'écarter à son passage. Elle attrape deux cannettes dans le réfrigérateur. Je n'en reviens pas qu'ils paraissent tous tellement à l'aise ici : étalés sur le canapé d'angle, ou carrément par terre. Jamais je n'aurais osé en faire autant, à part…

Bon. Chez Carrie.

Elle prend également un paquet de Fritos avant de me conduire vers le patio où scintille une immense piscine au clair de lune. L'odeur d'herbe tiède et de chlore emplit l'atmosphère d'été. Carrie prend place sur un des deux transats, me désigne l'autre du menton et entame sa bière.

– Tu ne m'as pas répondu, reprend-elle en me tendant le paquet de Fritos. Je veux dire à propos de ce que tu fais ici. Attends, je suis contente que tu sois venue – crois-moi, j'en ai marre de revoir tous les week-ends leurs gueules pourries – mais quand même.

Je hausse les épaules en passant un doigt sur le rebord de ma cannette au lieu de l'ouvrir.

– Je… voulais essayer quelque chose de nouveau.

– Attends, tu détestes les nouveautés ! Enfin, pardon, c'est pas très sympa… Tout le monde change, tu as le droit, toi aussi.

– Sauf que, justement, je n'ai pas vraiment changé. Mais je… commence à me demander si ça ne me plairait pas un peu ? Je ne sais pas. En tout cas, Clayton m'a invitée…

Elle me regarde de travers :

– Clayton ?

– Euh… oui.

Je regrette aussitôt de m'être laissée aller. Carrie et Bethany sont les meilleures amies du monde depuis la classe de seconde. Elles se racontent tout. Je les imagine déjà pliées en deux devant ma naïveté.

– Enfin, je ne crois pas que c'était une vraie invitation. Il a fait ça un peu par hasard.

Carrie plisse le nez.

– Ça m'étonnerait. Clay n'est pas du genre à dire des trucs par hasard. En fait, il est un peu comme toi.

Je n'ai pas le temps de lui demander ce qu'elle veut dire par là que les portes du patio s'ouvrent en grand sur Spencer, James et Trevor, suivis d'Ethan armé d'un haut-parleur Bluetooth.

– C'est ici, la fête ? demande James en ôtant tee-shirt et baskets.

Il a le dos tellement maigre que j'aperçois chaque détail de sa colonne vertébrale.

– Tu le sais bien ! marmonne Carrie. On est venues ici en espérant que tu nous suivrais pour ficher ta merde.

Il ne lui répond même pas, plongeant directement au fond de la piscine.

– Vous venez ? lance-t-il une fois remonté à la surface.

Et il crache un jet d'eau digne d'une fontaine.

– Non merci, dit Carrie.

Sans se faire prier, les autres envoient promener chemises et, dans le cas de Trevor, son short pour apparaître juste en slip bleu orné de robots de dessins animés. C'est la première fois que je vois autant la peau d'un garçon ; si bien que je détourne les yeux en me grattant la nuque.

– Pas trop envie d'avaler l'eau que tu viens de recracher, ajoute-t-elle.

– Tant pis pour toi, *chica.*

Il fait la planche et son torse pâle scintille sous les lumières du patio.

– Et toi, Rachel ? Tu viens ?

– Moi ?

Je n'en reviens pas. Je croyais que la seule présence de quelqu'un comme Carrie suffisait à me rendre invisible. Mais, d'abord je n'ai pas de maillot de bain, ensuite, quand bien même…

– Je ne crois pas.

Avec Carrie, on retourne s'asseoir dans nos transats d'où on regarde les garçons barboter pendant un moment. Elle boit une longue gorgée de bière, regarde ma cannette toujours fermée.

– C'est meilleur froid, tu sais.

– Je… oui, il paraît.

– Non, mais tu n'as pas changé ! raille-t-elle. Menstruation ou pas.

– Attends, j'ai aussi appris à conduire.

J'ôte mes sandales, range mes pieds nus sous mes cuisses. Je n'ai plus envie de parler de moi.

– Bon, je n'ai pas de voiture, mais c'est une question de principe.

Tricia et ses amis arrivent également dans le patio. Tous les invités se retrouvent bientôt dans la piscine, à part Clayton et Bethany qui ne se manifestent toujours pas. Je ne peux m'empêcher de me demander ce qu'ils font sur la méridienne alors que personne ne peut les voir. À la place, je préfère interroger Carrie :

– Alors, qu'est-ce que tu fais cet été ?

– Bof, rien de génial, malheureusement. Répondre au téléphone de la galerie, ce qui va m'occuper jusqu'en août. Et toi ?

– Échanger des peintures contre des pizzas, le plus souvent.

– C'est vrai ? Tu travailles au restaurant ? J'aurais plutôt cru que tu allais passer quelques mois à soigner des cancers ou sauver des baleines.

– Trop marrante !

– En tout cas, je suis sûre que toutes les facs se battent pour t'accueillir…

Je lui balance un Fritos à la figure, même si j'aime bien quand elle me taquine. Ruoxi est géniale, mais elle dit tout ce qu'elle pense, et j'avais oublié ce qu'on ressentait quand une amie vous taquinait.

– Où est-ce que tu vas, cet automne ?

– À l'Institut d'art de Chicago. J'étais sur une liste d'attente, mais j'ai reçu un mail il y a deux jours disant que j'étais reçue.

– Carrie, c'est super !

Alors que Trevor fait un plat tonitruant qui soulève un murmure général, je reprends ma cannette pour trinquer, avant d'ajouter :

– C'est ce que tu voulais, non ? Tenir une galerie, comme tes pères ?

Elle hausse les épaules, plie une jambe pour poser la tête sur son genou.

– Aucune idée.

– Et ça ne te fait pas peur ?

– Ce qui me ferait peur, ce serait plutôt d'avoir ma vie toute tracée devant moi. Et toi ? Tu veux toujours faire du droit ?

– J'y compte bien.

– Fusions et acquisitions, ou je ne sais quoi ?

– Non, plutôt défense criminelle. Peut-être tout ce qui tourne autour de la peine de mort ? Ou alors l'incarcération de masse, je ne suis pas sûre.

– Sérieux ? demande-t-elle en haussant les sourcils. Trop cool.

Elle s'apprête à dire autre chose quand Ethan tape sur le rebord de la piscine.

– Hé ! Ça suffit de bavarder, les filles. Tout le monde dans l'eau !

Dans un énorme soupir, Carrie se lève, étire ses longs membres avant de commencer à déboutonner son short.

– C'est bon ! dit-elle à Ethan. Ne t'emballe pas.

Puis à moi :

– Ça te tente ?

– Attends, sérieux ? Tu n'as plus peur d'attraper les microbes de James ?

– C'est fini.

Elle ôte son débardeur, pour se retrouver en soutien-gorge brassière noir, et me tend la main :

– Tu viens ?

– Je ne vais pas me déshabiller devant tous ces gens.

– Ça va, tu peux te baigner avec tes fringues, princesse ! Tu voulais faire des expériences nouvelles cet été, non ?

– Oui, mais…

– Alors lance-toi.

J'hésite un instant, déchirée entre les élans de mon corps et l'image de Paula Prescott assise sur une chaise longue dans son tailleur et m'incitant à tenter de nouvelles expériences. Il suffit de dire oui, n'est-ce pas ? Alors je me frotte les nez, me lève, passe mon pull par-dessus la tête.

– C'est bon, on y va.

– C'est parti ! lance Carrie.

– Yeah, Walls ! crie Ethan d'une voix enivrée.

Trevor pousse un mugissement. Tricia et ses amies m'observent d'un air méfiant depuis le jacuzzi mais, lorsque nos regards se croisent, j'ai la surprise de la voir sourire.

– À trois, d'accord ? reprend Carrie en m'entraînant vers le grand bain. Un… deux…

Là, elle tire sur mon bras et on tombe ensemble. Je frémis de partout, l'eau glacée me donne la chair de poule, mon jean pèse cent tonnes.

– Tu n'as pas dit trois ! dis-je en remontant à la surface.

Mais je ris aux éclats. Tandis que Carrie affiche un large sourire.

***

La maison est plongée dans l'obscurité lorsque je rentre, à part la petite lampe du perron. Une fois dans ma chambre, je me mets en pyjama, tortille mes cheveux humides en chignon, tout en regardant le livre sur mon lit.

– Bon, dis-je à Paula malgré moi. Vous avez gagné cette manche, je le reconnais.

Ce soir, les choses ne se sont pas vraiment passées comme je l'espérais – la porte de la chambre était ouverte quand on est redescendus dans le sous-sol, et pas trace de Clayton ni de Bethany – mais, dans l'ensemble, ça n'avait rien d'un désastre.

Je me glisse sous mes couvertures quand mon téléphone vibre avec un texto de Carrie :

Contente que tu sois venue ce soir.

Je me mordille un instant le pouce, bêtement heureuse malgré moi. Ça fait longtemps qu'on a échangé nos numéros, mais je n'aurais jamais cru qu'elle m'enverrait un message. En fait, je ne pense pas qu'il faille croire pour autant au retour de notre amitié. Mais ça fait du bien de savoir qu'on va partir à la fac, réconciliées de toutes nos interminables chamailleries.

Je finis par taper :

Oui. Contente moi aussi.

J'éteins la lumière et plonge sous mes couvertures. Je dors mieux que jamais.

CHAPITRE 5

– Alors, c'était comment, cette fête ? demande Miles le lendemain matin.

Il lave la vaisselle du restaurant, entassant les gobelets en plastique par dizaines, et parle d'une voix laissant entendre qu'il sait quelque chose :

– Les discussions des amateurs d'alcool vous ont bien éblouie ?

Je finis d'assembler une Gondola jambon-fromage.

– D'abord, comment tu savais que j'étais à cette soirée ?

– J'ai mes sources. On ne voyait que toi sur Internet.

Il sort son téléphone à l'écran complètement massacré, suite à un malheureux incident de mosh pit, prétend-il, bien que je l'aie vu glisser de sa poche dans le parking, il y a quelques mois.

– Attends, tu rigoles ? dis-je en l'attrapant pour vérifier.

Bien entendu, je tombe sur un Boomerang un peu flou de notre plongeon dans la piscine avec Carrie.

– C'est la maison de Spencer Thomas ? demande-t-il en se frottant le menton. Pas le genre de gens que tu fréquentes d'habitude.

Il a dit ça d'un ton totalement tranquille, pourtant ça m'agace, il semble trop sûr de lui, comme s'il savait exactement ce dont je suis capable.

– Et je fréquente plutôt qui, d'après toi ?

– Genre, personne.

Je pousse un soupir outré. D'un côté, c'est du pur Miles et je me fiche de ce qu'il pense de moi. En même temps, je n'aime pas trop l'idée de passer pour une solitaire, sans meilleurs ni petits amis.

– Je te rappelle, Miles, que je ne t'ai pas demandé ton avis. Mêle-toi de tes affaires.

– Désolé, répond-il en levant deux mains pleines de mousse. Ravi pour toi si tu t'es amusée, mais, la prochaine fois, tu devrais te déshabiller un peu plus. Tu sais, pour la caméra.

Cette fois, je lui balance la Gondola en pleine figure.

– Abruti !

– Tellement prévisible.

– Arrête !

Là, il m'agace sérieusement. Même si, parfois, je trouve plutôt marrantes mes prises de bec avec lui. Du moins, ça fait passer le temps quand on n'a plus grand-chose à faire au restaurant. Mais, parfois, il est juste vulgaire et cassant, à croire qu'il le fait exprès pour m'énerver.

– Pourquoi tu fais toujours ça ?

– Quoi ?

– Ça.

L'air innocent, il repose la Gondola sur le comptoir, rame avec les bras.

– Dériver ?

Surprise par son vocabulaire, je me dépêche de corriger :

– Je voulais dire *sois toi-même*. Mais on peut aussi en rester à *cesse de dériver*.

– Anxiété généralisée et trouble oppositionnel provocant. Du moins, c'est ce que dit mon thérapeute.

– Quoi ?

Depuis quand Miles voit-il un thérapeute ?

J'en reste tellement béate qu'il m'écarte doucement de son chemin pour pouvoir terminer son sandwich.

– Depuis quand ?

Haussant les épaules, il m'explique en prenant une feuille de laitue :

– Quelques mois. Une fois que j'ai raté presque tous mes examens. C'était la seule option pour que ma mère ne me jette pas dehors.

Je me mordille un instant le pouce.

– C'est à cause de… ton frère, quoi ?

– Tu peux prononcer son nom, tu sais. Ce n'est pas Voldemort, non plus.

– Non, évidemment.

Tommy a – avait – trois ans de plus que Miles et moi. L'été qui précédait son départ pour Quinnipiac, il a attrapé une forme rare de méningite et a passé les onze derniers jours de sa vie à l'hôpital dans le coma. Miles ne parle jamais de lui.

– De toute façon, poursuit-il sur le ton d'une pub pour voitures de luxe, on ne sait toujours pas si je suis en vrac *à cause de mon frère* ou si c'est de naissance.

Il hausse soudain les sourcils, l'air malicieux :

– Mais les filles aiment les mecs en vrac, non ?

Je lui balance un coup d'épaule, pour lui signaler que j'approuve qu'il se soigne, mais aussi que je suis désolée pour Tommy, bien que je me sente incapable de jamais le lui dire à voix haute.

– Arrête de dériver !

Il me fait la grimace tout en plantant des drapeaux italiens dans les deux moitiés de sandwich, puis il actionne le signal du passe-plat.

– Je fais ce que je peux. J'ai mon petit tableau d'autocollants, et tout.

– C'est vrai ?

Cette fois, il sourit sincèrement.

– Non.

On se regarde encore un instant sans rien dire, et je vois son pouls palpiter dans son cou. J'ai presque envie de lui parler de Paula Prescott et de mon « été de tous les oui », pour lui confier quelque chose, ainsi qu'il vient de le faire avec moi.

– Bonjour tout le monde ! lance papa en entrant. Exactement les deux personnes que je cherchais.

Il tombe bien. Pas besoin que Miles me parle de ça tout l'été, histoire de me convaincre qu'on devrait dormir nus sous les étoiles.

– Comment ça va, Monsieur Walls ? répond Miles en s'éloignant de moi d'un bond.

Je ne m'étais pas rendu compte qu'on se tenait aussi près l'un de l'autre. Il remet les mains dans ses poches.

– Viens ici une seconde, tu veux ? reprend papa en désignant la cuisine où arrivent toutes les commandes. Ta maman peut continuer toute seule.

On le suit vers l'allée de service par où passent tous les livreurs, dont un garé dans l'allée DiPasquale.

– On… déménage quelque chose ? dis-je en plissant les yeux sous le soleil.

– Pas vraiment, réplique papa. Roulements de tambours, s'il vous plaît !

Miles et moi échangeons un regard abasourdi.

– Euh… pardon ? dis-je.

– Ça va ! marmonne papa en ouvrant la portière du camion de livraison.

Il plonge à l'intérieur d'un mouvement vif.

– Ta-da !

Et il nous sort un petit chariot équipé d'une glacière d'un beau vert émeraude, avec le logo DiPasquale peint sur le devant.

– Qu'est-ce que vous en pensez ? demande-t-il.

– Euh… c'est quoi ? balbutie Miles.

– J'appelle ça le « char à glaces », mais on peut changer de nom si vous avez une meilleure idée.

On dirait qu'il danse autour, en nous faisant signe d'y regarder de plus près.

– C'est pour cet été. Un coup de génie, dirais-je !

Il l'ouvre, révélant deux parties, l'une divisée en cinq trous ronds adaptés à des seaux ou à des bacs, l'autre en cinq rangées d'étagères.

– Les Stracciatella, Gianduja, Fior de Latte et Pistachio di Bronte vont là, explique-t-il en désignant les cinq compartiments ronds, et les langues de chat de Nonna de ce côté. Et voilà le meilleur des desserts au menu de DiPasquale.

– Ah oui… dis-je. Des gâteaux à la crème glacée ?

– Des *Gondolas* à la crème glacée, rectifie Miles avec un demi-sourire. Bon sang, Rachel, regarde le menu !

– Parfaitement, approuve mon père en tournoyant sur lui-même. On les fabrique en fonction du choix du client, avec une ou deux boules de gelato et les délicieux biscuits de Nonna. Tu n'as pas remarqué à quel point elle avait amélioré sa recette ?

En fait, si – j'en ai dévoré quelques-uns hier soir en rentrant de la fête de Spencer –, mais je ne capte encore pas trop.

– Quel est notre rôle dans l'histoire, au juste ?

Papa explique que le « premier char à glaces », comme il l'appelle, est un essai mais qu'il espère en tirer assez de succès pour, dès l'été prochain, en installer deux ou trois le long de la plage.

– Et, comme vous partez tous les deux cet automne, je me suis dit que vous n'auriez pas forcément envie de passer votre dernier été bloqués dans le restaurant…

Je m'écrie :

– Tu veux qu'on s'en occupe ?

– Tous les deux ? gémit Miles.

– Exactement, répond papa. Rachel pourrait servir les clients et Miles préparer les commandes – sans vouloir te vexer, je suis sûr que tu t'en tireras mieux qu'à la cuisine.

– Il essaie d'arranger ça, dis-je avec un regard en biais dans sa direction.

– Très bien, conclut papa en applaudissant comme un gamin devant un camion à glace. On met tout ça en route !

***

Avec Miles, on passe l'heure suivante à préparer le char à glaces avec les ustensiles nécessaires pour pouvoir le mettre en route dès demain après-midi.

– Il doit avoir dépensé plein d'argent sur ce projet, dis-je, impressionnée. On va devoir vendre des tonnes de gâteaux pour qu'il rentre dans ses frais.

– Des *Gondolas* à la crème glacée, rectifie Miles en vérifiant les serviettes en papier. Révise ton vocabulaire.

Je m'attends à une remarque salace sur des bikinis à la chantilly, mais il se redresse en essuyant ses mains sur son pantalon.

– Je peux te poser une question ? demande-t-il, l'air sérieux. Tu as des projets pour…

– Rachel ?

Cet appel s'accompagne d'un *toc-toc-toc* sur la paroi du camion. En sortant la tête au dehors, j'ai la surprise de constater qu'il provient de Carrie, debout sur le bitume, les cheveux retenus par une écharpe à l'ancienne.

– Salut ! nous lance-t-elle. Je ne veux pas vous déranger, mais Nonna – enfin ta grand-mère – m'a dit que tu étais là.

Je reste estomaquée en la voyant. Bien sûr, on s'est promis de se retrouver bientôt en se quittant, hier soir, mais j'ai pris ça pour le genre de non-invitation, comme peuvent en lancer des Clayton à la cantonade. Je n'aurais jamais cru qu'elle viendrait me chercher moins de vingt-quatre heures plus tard.

– Salut ! dis-je. Qu'est-ce qui se passe ?

– On part tous à la foire de Douglas. Je voulais t'envoyer un texto, mais j'ai préféré te demander en direct si tu voulais venir.

La foire de Douglas marque l'arrivée officielle de l'été dans cette région du Michigan ; je n'y ai plus participé depuis l'âge de douze ans, car ça tombe en pleine saison pour le restaurant. Du moins était-ce la raison que je me donnais.

– Là, tout de suite ?

– Oui, Rachel, dit Carrie avec le même sourire qu'hier soir. Tout de suite.

Je lui rends instinctivement son sourire. Je peux compter sur les doigts de zéro main le nombre de fois où on m'a invitée durant le lycée. Et voilà que ça m'arrive deux fois en deux jours.

Miles s'occupe à nettoyer une rayure sur le côté du char à glaces. J'ai pourtant cru qu'il allait m'inviter, ce soir. Apparemment, je ne lui dois rien. Pourtant, il reste possible qu'un quart de seconde avant l'arrivée de Carrie, j'aie été un rien intriguée.

– Tu es également le bienvenu, Miles, ajoute-t-elle.

À croire qu'elle interprète mon regard de travers. Cependant, il lève une main :

– Pas de fête foraine pour moi. J'ai le cœur fragile.

– N'importe quoi ! dis-je en levant les yeux au ciel.

– Bon, soupire Carrie pas trop sûre d'elle. Et toi, qu'est-ce que tu en penses ?

Cette fois, je n'ai même pas besoin de me demander ce que Paula Prescott m'aurait conseillé de faire :

– Oui ! dis-je en sautant du camion. Donne-moi juste cinq minutes.

Je sors un short en jean et un tee-shirt fripé de mon placard, en essayant de repasser du plat de la main les plus gros plis, puis je défais ma natte. Après quoi j'embrasse Nonna pour lui dire au revoir.

– Qu'est-ce que c'est que cette tenue, Patatina ? s'écrie-t-elle comme si j'avais cinq ans.

J'adresse un signe à mon papa et me précipite dehors.

– Prête ? dis-je à Carrie qui brandit ses clés en guise de réponse.

– À plus ! lance Miles, toujours occupé dans le camion.

Je lui lance un dernier regard avant de partir.

CHAPITRE 6

La foire est exactement semblable à mes souvenirs d'enfance : une allée où l'on se poursuit avec des pistolets à eau, où on essaie de gagner un poisson rouge à coups de balles de ping-pong, où les manèges miteux sortent des camions. L'endroit est occupé par des gens du coin et quelques touristes précoces qui mangent des hot-dogs et des churros, et ça sent le parfum bon marché et la barbe à papa. En bout de piste, un groupe joue sur une petite scène ; on s'arrête un peu pour les écouter – deux potes blancs avec des chapeaux de cow-boy qui se présentent comme un groupe country, bien que leur répertoire semble plutôt remonter aux années 1990.

– Qu'est-ce qu'on attend ? je finis par demander en grattant une piqûre de moustique sur un genou avec le talon de ma Converse.

– Hein ? demande Carrie en m'offrant la moitié de son chou à la crème.

Bon, là, je n'ai pas trop besoin du livre de Paula pour me convaincre de dire oui.

– Tu as dit « on part tous » à la foire. Où sont les autres ?

– Oh ! marmonne-t-elle en se mordant les lèvres. J'ai un peu exagéré. Je voulais dire qu'Ethan et Trevor allaient peut-être nous rejoindre… Mais en vrai, il y a ce mec qui m'a dit qu'il y allait et… enfin, tu vois… bon d'accord, c'est complètement nul.

– Pas du tout !

Je suis la dernière personne sur cette planète à pouvoir critiquer des rêvasseries romantiques. Et puis, l'idée que Carrie comptait sur moi pour jouer les copilotes est assez cool. Même si c'était juste parce qu'elle ne pouvait compter sur aucun de ses autres amis.

– C'est… n'importe quoi, maugrée-t-elle. Tiens, et ça, ça te dit ?

– Quoi ? Ça ?

Devant nous, on a droit au spectacle ridicule d'un appareil envoyant à l'envers une boule de hamster géante en mousse, accrochée par des élastiques. Deux personnes assises dessus se retrouvent projetées en saut inversé avec une violence qui pourrait les menacer d'un véritable traumatisme crânien.

Elle sourit.

– Ça doit être marrant.

– Oui. Ou épouvantable et mortel.

– Ravie de constater que tu n'as rien perdu de ton sens dramatique avec les années.

– Bon, voilà…

– Carrie ! lance un mec derrière nous. Walls !

Elle jette un regard par-dessus mon épaule et se fend d'un large sourire.

– Quoi ? demande-t-elle en haussant le menton.

Je me retourne pour voir Ethan arriver à grandes enjambées, accompagné de Clayton.

– Sérieux ! commente-t-il alors que je n'ai pas encore eu le temps de prendre un air indifférent. Deux jours d'affilée ? Tu me harcèles, ou quoi ?

– Dans tes rêves ! rétorque Carrie à ma place. Quoi de neuf, Clay ?

– Pas grand-chose, dit-il en me jetant un bref regard. Salut, Rachel.

– Salut.

D'un seul coup, toute la tristesse et la déception d'hier soir me reprennent à contre-courant. Je déglutis, fais de mon mieux pour afficher un sourire. Il sort avec quelqu'un, voilà tout. Ça arrive.

– Alors, demande Ethan en avalant une gorgée de granité à la cerise, si j'en juge par la tache rouge sur ses lèvres.

Il porte encore son sweat Michigan, avec une casquette de base-ball en travers de la tête.

– On parlait de l'Ejector. Ça me fait trop peur d'y aller, mais Rachel ne pense qu'à ça.

– Arrête ! Tu dis n'importe quoi !

– Quoi ? Ne t'excuse pas, tout le monde sait que tu es une vraie dingue de sensations.

– Ah bon ? intervient Ethan. On aurait une accro à l'adrénaline parmi nous ?

– Sûrement pas ! dis-je, affolée.

– Moi, j'ai toujours aimé l'Ejector, insiste Clayton.

Les néons qui l'entourent piquettent son visage de rose et de bleu. De près, je me rends compte qu'il n'a pas les traits aussi réguliers qu'on pourrait le croire, avec une constellation de pâles taches de rousseur juste sous son œil droit.

– Tu n'as jamais essayé ? ajoute-t-il.

– Euh… non. Et je n'ai pas l'intention de m'y mettre.

– Allez, Walls ! intervient Ethan en avalant une dernière gorgée avant de jeter son gobelet dans une poubelle. Tu dois te lancer, maintenant.

– Il a raison, observe Carrie. C'est le moment.

– Pas question !

– Allez ! C'est l'été des expériences nouvelles ! J'y vais, tu y vas, on y va tous.

Je frémis à la seule idée d'essayer quoi que ce soit devant les garçons.

– Carrie…

– Tu es sûre ? demande Clayton.

Et revoilà cette fossette qui semble ponctuer ses phrases bien étudiées.

– J'y vais avec toi, comme ça, si quelque chose tourne de travers, on sera tous les deux estropiés.

– Je…

D'un côté, je risque de me provoquer de graves blessures – ou pire – en entrant dans ce tas de ferraille pourri. De l'autre, je ne vois pas de plus belle mort qu'avec Clayton Carville dans cet espace confiné. J'imagine Paula Prescott se baladant à travers cette foire en tenue des années 1980. Et voilà que je m'entends dire :

– D'accord. On y va.

– Sérieux ? lance Carrie, sidérée.

– Oui. Allez ! Avant que je change d'avis.

Et je me lance en tête du mouvement, prête à une mort imminente.

Pas trop le temps de changer d'avis ni de me dégonfler, d'un seul coup, l'opérateur boutonneux nous attache, Clayton et moi, sur nos sièges. Dans ce petit wagon assez étroit, nos cuisses se retrouvent serrées les unes contre les autres et son genou dénudé effleure le mien tandis qu'il saisit d'une main la barre de sécurité.

– Ça va ? me demande-t-il avec un sourire en coin.

– Ouais.

À vrai dire, je respire à peine, bien que je ne sache pas trop si c'est parce qu'on va nous balancer dans l'air comme un ballon ou parce que les doigts de Clayton effleurent les miens.

– Écoute, souffle-t-il, à propos de la soirée d'hier…

C'est là que les élastiques se lancent et, soudain, on se retrouve dans le ciel.

Au début, tous les bruits du monde – les joyeux couinements des petits enfants, le marchand de saucisses qui vante sa marchandise, le *ding* dynamique du jeu d'anneaux – tout disparaît dans le silence. Il ne reste que moi, assise à côté de Clayton, à peine conscients de notre ascension à grande vitesse alors que je me demande désespérément quoi répondre.

J'entends mon cœur battre à tout rompre tandis qu'on atteint le sommet de notre ascension, et mon sang paraît gicler à travers tout mon corps ; et puis, on commence à retomber, comme aspirés par quelque chose d'énorme qui couvre tous les autres bruits. Au bout d'une seconde, je me rends compte que ça vient également de moi : je crie sauvagement, du plus profond de ma gorge. La gravité me repousse sur mon siège, si bien que je ne peux plus tourner la tête mais, du coin de l'œil, je vois Clayton en train de rire ; au bout d'un moment, ça m'arrive à moi aussi, alors qu'on repart en hauteur, avant de retomber, à plusieurs reprises, jusqu'à ce que tout s'arrête. Je suis toujours agrippée à la barre lorsque l'opérateur vient nous détacher. Alors seulement, j'aperçois mes doigts entrelacés avec ceux de Clayton, sa main au-dessus de la mienne.

Il se redresse, pose les paumes sur son short kaki avant de sortir puis de m'aider à le suivre. J'ai les jambes en capilotade, le cerveau en bouillie.

– Alors ? demande-t-il à Ethan et Carrie juste derrière nous. On recommence ?

– Sûrement pas, dis-je.

En fait, je suis contente d'avoir essayé au moins une fois.

***

Le garçon mystère de Carrie arrive alors qu'on sort tout juste de l'Ejector – Adam Myers que je connaissais à l'école primaire, qui voulait sans cesse jouer au Pokémon et portait un sac à dos en forme de tête de singe, jusqu'à ce qu'on devienne trop âgés pour ce genre de choses. En troisième, alors que sa famille avait gagné des millions de dollars avec sa chaîne de grands magasins, il a été envoyé dans une école privée. Apparemment, ça lui a plutôt bien réussi.

– Il est devenu super-mignon, dis-je à l'oreille de Carrie.

– Oui, je sais, répond-elle comme si je venais de lui dire qu'il faisait encore pipi au lit ou qu'il n'avait jamais été vacciné parce que ses parents n'avaient pas confiance dans le gouvernement. C'est bien le souci.

J'éclate de rire alors que les garçons s'arrêtent devant le stand de tir.

– C'est quoi, le souci ? lance Adam, l'air malin.

– Rien, rien, soupire Carrie en jetant un coup d'œil vers Clayton, on parlait du style de mec de Rachel.

Cette fois, je ne souris pas.

– Attends, *quoi* ?

Est-ce que tout le monde sait ce que je ressens pour Clayton ? Y compris lui-même ? Voilà très exactement pourquoi je ne veux plus quitter ma maison.

On reste encore quelque temps à la foire pour manger des frites et nous offrir un tour de grande roue – dans cet ordre, ce qui n'est pas forcément une bonne idée – mais, de toute façon, je ne m'amuse plus vraiment. Je me sens perturbée, vulnérable, comme un animal au ventre rose exposé à tous les regards. Quelque part, j'aurais préféré passer la soirée avec Miles, à regarder *Les derniers Jedi* en mangeant des boulettes de fromage. Si bien que, quand Adam demande si on veut retrouver des amis à lui dans une soirée en ville, je n'ai plus envie que d'une chose : rentrer à la maison.

– Je dois y aller, dis-je à Carrie qui me regarde d'un air plein d'espoir. Mais vas-y, toi.

– Quoi ? Non, surtout pas ! Je ne vais pas te planter là. Comment tu rentrerais chez toi ?

– Je peux appeler quelqu'un. Ça ira.

Il n'est peut-être pas trop tard pour retrouver maman chez Moxie's.

– Je peux la déposer, intervient Clayton derrière moi.

Ce dernier ne m'a plus adressé la parole depuis qu'on est sortis de l'Ejector.

– Tu es sûr ? demande Carrie, l'air soulagée. Mais attends, tu ne sais même pas où elle habite !

– À nous deux, on devrait trouver, s'esclaffe-t-il. Ça te va, Rachel ?

Malgré moi, mon cœur bat à tout rompre, mais je parviens à hausser les épaules.

– Oui, dis-je en mettant les mains dans mes poches.

Il ne fait que me raccompagner. Ça ne veut rien dire.

Il possède un 4 × 4 géant, genre à prétendre devant le monde qu'il se fiche du coût d'un plein, et la place passager est si haut placée qu'il me faut un moment pour me hisser à bord. La cabine paraît beaucoup plus propre que la plupart des voitures de garçons que je connais, avec un assainisseur d'air fixé sur le climatiseur et un sac en plastique accroché au levier de changement de vitesse en guise de poubelle. Quand il allume le moteur, la radio se lance sur une station de musiques country, ce qui me surprend, car, avec mon père, on a plutôt tendance à se moquer de cette chaîne qui existait déjà avant ma naissance.

– Pardon, dit Clayton en cherchant aussitôt un autre programme, l'air embarrassé. Maintenant, tu connais mon secret le plus honteux.

– Ah oui, quel pervers ! dis-je avec un sourire. Je parie que tu as un poster d'Elvis Presley dans ta chambre.

– C'est une célébrité mondiale, Rachel !

– Désolée ! dis-je avec un ricanement qui m'étonne moi-même. Tu as tout à fait le droit.

– Merci.

Il semble assez content, alors qu'on quitte la fête foraine pour prendre la direction de l'autoroute, dans un paysage des plus champêtres.

– Je ne savais pas que vous étiez amies, Carrie et toi, dit-il au bout d'un moment.

– En fait, on l'a été jusqu'au collège.

– C'est vrai ? Qu'est-ce qui s'est passé ?

– Rien de spécial. À la longue, on finit par changer.

– Toi ou elle ?

– Nous deux.

Là, j'ai menti, mais ça le laisse plutôt songeur.

– Je vois, murmure-t-il comme pour lui même.

Je le revois avec Bethany au bord du ruisseau. Je préfère continuer :

– Et, l'autre jour, on s'est remises à se parler et…

Là, je n'ai pas trop envie d'évoquer la fête, bien que je rêve de revenir à ce qu'il pouvait dire avant que l'Ejector nous balance dans cette vie terrifiante. *À quoi joues-tu avec moi ?* ai-je envie de lui demander. *Qu'est-ce que tu veux ?*

– Je crois que je te dois des excuses.

– Quoi, pour hier soir ? dis-je en jouant les innocentes même si je me couvre de ridicule. Pourquoi ?

– Entre autres, pour t'avoir proposé de venir avant de complètement te laisser tomber. C'est compliqué, avec Bethany, tu sais.

– T'inquiète, dis-je en jouant les filles cool. Ce n'est pas toujours facile.

Qui, moi ? J'ai à peine remarqué que tu n'étais pas là, tellement je voulais jouer les filles distantes et populaires.

Je crois que c'est une chose très mature à dire, étant donné que j'ai exactement zéro relation dans ma vie qui me permette de tirer une conclusion aussi sage.

– Non, non, réplique-t-il. Ça n'a rien à voir. On ne sort pas ensemble.

Mon cœur s'arrête de battre une seconde.

– Ah bon ?

– Enfin, on sortait ensemble, jusqu'à il y a deux mois. Mais plus maintenant.

Je plante mes ongles dans ma paume, presque incapable de retenir les questions qui jaillissent en moi : *Pourquoi ? Qu'est-ce qui s'est passé ? Si vous avez rompu, pourquoi il y a encore tellement de photos de vous sur Instagram ?*

– Trop dommage.

C'est tout ce que j'arrive à dire.

– Mais non. Je tiens à Bethany, c'est l'une de mes meilleures amies, mais enfin voilà... C'est comme ça.

Il se frotte la nuque un instant, comme si quelque chose le dérangeait.

– Si je t'ai invitée l'autre soir, c'était parce que je voulais que tu viennes.

Je repense à Carrie affirmant qu'il n'était pas du genre à dire des choses par hasard. Et je ne peux m'empêcher de demander :

– Sûr ?

Ça le fait légèrement sourire.

– Oui, Rach, souffle-t-il d'un ton presque timide. Je ne sais pas. Tu m'as l'air du genre de personne qu'il vaut la peine de connaître.

– Arrête, je suis super ennuyeuse.

Je peux presque entendre Nonna me dire d'arrêter de me rabaisser. Trop tard, Clayton me jette un regard de travers.

– Ça m'étonnerait. Ennuyeuse comme quoi, au juste ? Tu passes ton temps à regarder la peinture sécher et ton plat préféré, c'est du pain sec ?

– Ennuyeuse comme… je viens de passer les quatre dernières années à attendre la suite. Et là, je commence à comprendre tout ce qu'en fait j'ai raté.

– C'est-à-dire… ?

J'essaie de trouver comment expliquer que ça n'a rien à voir avec quelque chose comme « j'ai super envie de sortir avec toi ».

– Eh bien, par exemple, ma Nonna m'a donné une valise et un passeport pour mon seizième anniversaire et, cette année-là, je devais aller en France avec le lycée. Mais mon amie Ruoxi a attrapé la mononucléose et n'a pas pu venir, alors j'ai annulé à la dernière minute. Parce que je ne voulais pas y aller seule.

– C'était un beau voyage, commente Clayton en regardant le rétroviseur.

Je lui donne un coup de coude.

– Oui, merci, j'ai cru comprendre.

J'avais suivi toutes les étapes sur Instagram et Snapchat depuis ma chambre, à des milliers de kilomètres de mes camarades – dont Clayton et Bethany – alors qu'ils escaladaient la tour Eiffel, admiraient *La Joconde* ou mangeaient des croissants au bord de la Seine.

– Enfin, me voilà, presque deux années plus tard, et je n'ai toujours pas mis les pieds en France. Je n'ai même pas encore un seul tampon sur mon passeport.

– Bon, dit Clayton. Déjà, tu as toute la vie devant toi pour t'offrir ce genre d'expérience.

Il me décoche un sourire qui me fait frissonner des pieds à la tête. Quand je pense que je suis seule avec lui dans cette voiture, que j'attire toute son attention, ne serait-ce que pour un petit moment…

– Tu as froid ? me demande-t-il.

– Euh, un peu.

– Tiens.

D'une main, il attrape à l'arrière un sweat à capuche décoré d'une espèce d'oiseau.

– C'est une… poule ? dis-je en enfilant les manches.

Le coton sent son odeur, un mélange de déodorant, de crème solaire et d'agrumes.

– C'est Hotspur, dit-il en rigolant.

– Je… vais faire comme si je savais ce que ça veut dire.

– Une équipe de football. De Tottenham ? Ou de Londres ? En Premier League.

– Ah, d'accord ! Du sport !

– Sans doute ce que j'aime le plus avec la country. Ce n'est pas ton truc ?

– Chacun le sien. Moi, l'athlétisme…

– Le foot est essentiellement une affaire de stratégie. Le sport des intellos. Tu devrais aimer.

Sois-en sûr, dès mon arrivée à la maison, je vais me précipiter sur Internet pour rechercher les noms des plus grands joueurs, jusqu'à ce que je les connaisse mieux que ma propre famille.

– Je vais voir…

– Tu devrais.

On quitte l'autoroute ; les bons moments vont s'arrêter là. *J'ai aussi envie d'apprendre à mieux te connaître. Ça me travaille depuis longtemps.*

Sans rien en dire, j'appuie sur l'écran du tableau de bord alors que Clayton s'arrête à un feu rouge. Je lance une chanson country que je ne connais pas. Clayton me jette un coup d'œil énigmatique, en tout cas pas celui de quelqu'un qui voudrait me revoir.

Il se penche, augmente le volume. Et le feu passe au vert.

CHAPITRE 7

Le lendemain, avec Miles, on sort armés du char à glaces pour s'installer sur le ponton, dans nos tee-shirts DiPasquale assortis, alors que les touristes prennent le soleil sur la plage. Chaque été, notre petite ville côtière du Michigan accueille des visiteurs, essentiellement de l'Illinois, la plupart intéressés par nos kilomètres de plages d'eau douce. Au bout d'une demi-heure, on a déjà vendu un tiers de notre stock aux gens qui arrivent plus vite que Miles ne peut servir. Papa a vraiment eu une idée de génie !

Un nuage passe devant le soleil alors que la brise se lève du lac, et je m'empare du sweat de Clayton bien qu'il fasse encore trop chaud. Hier soir, je me suis aperçue, une fois qu'il m'avait déposée devant la maison, que je l'avais gardé sur moi – on pourrait penser que je l'ai carrément volé – et j'ai décidé de le prendre aujourd'hui, au cas où je le croiserais.

C'est pas si improbable, après tout…

Sur ce, Ruoxi répond à mon texto où je lui racontais ce qui m'est arrivé dernièrement. Elle passe de bons moments à Interlochen, d'après les photos qu'elle m'envoie, de ses mains cloquées, de ses mi-bas et de Clarissa, la violoncelliste dont elle s'est entichée. Incroyable !

Je lui envoie plein de smileys, puis remets mon téléphone dans la poche de mon short.

– Eh, demande Miles, c'est quoi ce sweat ?

Il tend deux Stracciatella Gondolas à une maman à l'air épuisé avec deux gosses accrochés à ses jambes.

– Oh ! dis-je, surprise qu'il l'ait remarqué. Tottenham Hotspur.

– Je vois ça. Où est-ce que tu l'as eu ?

– Je... l'ai emprunté. À un ami.

Il hausse un sourcil :

– Tu as un ami qui fait du foot ?

– Parce que tu es au courant que Hotspur est une équipe de foot ?

– Je connais plein de choses, même si ça ne m'intéresse pas vraiment.

– Ah oui ! J'avais oublié.

J'adresse un sourire aimable à un couple âgé qui passe avec ses sacs banane, pour me retourner aussitôt vers Miles :

– Tu es trop froid pour ressentir de l'enthousiasme.

Alors qu'il penche la tête, une mèche noire lui tombe devant le visage.

– Pas si vite ! corrige-t-il. Je peux être très enthousiaste quand la situation le demande.

– D'accord, d'accord, dis-je en jetant deux serviettes. Ça vient de Clayton.

– Ah bon ? Clayton Carville ?

– Oui, dis-je fièrement.

C'est donc ça, être quelqu'un de populaire ? Pouvoir se la raconter mine de rien devant son acolyte de toujours ?

Miles fait l'acolyte de toujours que ça n'amuse pas du tout.

– Arrête ! maugrée-t-il avec une voix que je ne lui ai plus entendue depuis nos douze ans. Tu échanges des fringues avec Clayton Carville ?

– Sauf qu'il ne porte pas les miennes. Mais bon.

Il me dévisage un instant, avec une expression que je ne lui reconnais pas. Si ce n'était pas complètement improbable, je dirais qu'il a l'air presque… blessé. Puis il cligne des yeux, reprenant son allure blasée habituelle.

– Bon, marmonne-t-il, tous mes vœux de bonheur.

Soudain retentit un énorme bruit de cliquetis monté droit du frigo. J'en frémis :

– Qu'est-ce que c'est que ça ?

Miles émet un bruit du genre *j'en sais rien*. Il se penche, tourne l'interrupteur, le rallume, l'éteint de nouveau. Le moteur siffle une seconde avant de caler.

– Peut-être le mécanisme de refroidissement ? suggère Miles. Je crois qu'il vient de lâcher.

– Et tu peux le réparer ?

– J'ai l'air d'un dépanneur de char à glaces ? Il faut qu'on arrête d'ouvrir constamment cette boîte. L'air ne reste pas suffisamment froid pour empêcher la gelato de fondre.

Je me mords les lèvres. Mauvais augure. Ces temps-ci, les affaires DiPasquale marchent plutôt bien, mais là, je sens monter l'anxiété d'une période plus précaire. Je revois mes parents penchés dans la cuisine sur leurs factures marquées du sceau ARRIÉRÉ. Quand j'étais petite, on vivait de bons alimentaires, chose que ma mère croit effacée de mes souvenirs. Jusqu'à l'âge de dix ans, je n'ai porté que des vêtements d'occasion. Chez moi, on ne plaisante pas avec l'argent et mon père a beaucoup investi dans ce char à glaces. À l'idée de le casser dès le premier jour, je sens ma respiration se bloquer.

– Miles, il faut qu'on le répare.

Je dois avoir l'air désespérée, car il se gratte la nuque en soupirant :

– D'accord, laisse-moi réfléchir.

Il met un petit coup de pied dedans et on n'entend plus aucun bruit.

– Bon, marmonne-t-il, ça ne marche pas.

Son regard se pose sur la file de clients qui vient de se former alors qu'on discutait, et dont certains commencent à râler d'impatience.

– Euh… les gars, lance-t-il, on doit faire une courte pause pour un problème technique.

Incapable de réprimer un sourire incrédule, je me retourne vers lui :

– Tu as vraiment appelé les gens dans la file « les gars » ?

– Reste là, ordonne-t-il d'un ton autoritaire qui n'est pas dans ses habitudes. Je reviens dans une seconde.

Je bidouille un rapide message, « parti pêcher », sur l'ardoise du menu et m'affale sur le ponton, à côté du char à glaces, tirant sur un fil du sweat de Clayton en attendant le retour de Miles. Je ne peux m'empêcher de songer à sa réaction tout à l'heure, à l'idée que je pouvais sortir avec Clayton. Oui, Miles aime me tourmenter, mais il n'a probablement aucune idée derrière la tête.

N'est-ce pas ?

Un quart d'heure plus tard, il revient avec une ceinture pleine d'outils qui, visiblement, ne lui appartient pas.

– Où est-ce que tu as trouvé ça ? dis-je en me levant.

– Jon, un pote de Tommy, me devait un service, explique-t-il en désignant les vélos de location à trois cents mètres de là. J'ai réparé son processeur l'année dernière.

– Tu veux dire son ordinateur ?

Je suis impressionnée malgré moi. Miles se conduit parfois comme un tel malade qu'on en oublie qu'il serait capable de diriger la NASA s'il se donnait la peine de quitter son lit avant midi.

– Oui, si tu veux, son ordinateur. Enfin, ce n'est pas exactement la même chose, mais ça y ressemble. La plupart des machines possèdent un ventilateur qui les empêche de surchauffer. Si j'arrive à ôter cette grille pour jeter un coup d'œil à l'intérieur, ça devrait le faire.

– Ah bon ?

– Oui.

Il a l'air moins sûr de lui qu'il ne tente de m'en convaincre.

– Qu'est-ce qui pourrait arriver de pire ? ajoute-t-il.

– Toi, tu pourrais carrément l'achever.

– Oui, peut-être. Mais là, je suis bien inspiré.

Il se met au travail, s'allonge sur le ponton pour aller regarder sous le char à glaces, se faufilant avec l'agilité de la Méchante Sorcière de l'Ouest dans *Le magicien d'Oz*. Son tee-shirt est remonté, laissant apparaître la ceinture élastique de son caleçon Calvin Klein qui dépasse de son jean. Je me détourne vers la plage en essayant de ne pas me demander si sa mère lui achète encore ses sous-vêtements ou si c'est lui qui les choisit. Je n'aurais jamais cru que ce genre de type pouvait porter des sous-vêtements de marque.

Encore que je ne passe pas ma vie à me poser ce genre de questions.

Après un ou deux grognements, j'entends un bruit sourd.

– C'est bon, lance-t-il, maintenant, essaie l'interrupteur.

J'appuie dessus et, en quelques secondes, la machine se remet en marche, ronronnant doucement.

– Yes ! dis-je alors en riant malgré moi.

Quand il émerge du char à glaces, je lui tends la main pour l'aider.

– On dirait que ça a marché ?

– Ne meurs pas sous le choc de la surprise, conseille-t-il en s'essuyant les mains.

– Je crois que je t'aime un peu, là.

– Tu m'aimes tout le temps, marmonne-t-il machinalement.

Cependant, j'ai bien vu la pointe de ses oreilles rosir et je ne crois pas que ce soit à cause du soleil.

– Il va falloir faire attention en apportant ce truc sur la plage, poursuit-il. Pour ne pas y mettre du sable. Il faudra que je trouve un tamis afin de protéger le ventilateur.

Je me hisse sur la pointe des pieds, lui tâte le front comme s'il avait de la fièvre.

– Miles Vandenberg, tu es malade ? Tu te rends compte que te donnes du mal pour aider quelqu'un d'autre ? Tu es en train de devenir quelqu'un de bien.

– Ouais, ouais, maugrée-t-il en me heurtant l'épaule de la sienne. N'en profite pas.

On vend toutes nos Gondolas dans l'heure qui suit. La file d'attente n'a fait qu'augmenter et c'est à peine si on a eu le temps de se parler ente deux clients. Quand on ferme pour la journée, on est l'un et l'autre pleins de courbatures.

– Il faut retourner au DiPasquale, maintenant ? demande-t-il en me tendant une serviette mouillée pour que j'essuie la glace séchée sur mes coudes.

– Merci, dis-je, surprise par son geste.

On devrait effectivement y retourner – il va bien falloir rapporter le char et le préparer pour le lendemain –, mais le restaurant déborde de clients. Papa a engagé deux personnes qui nous remplacent, Miles et moi, le temps qu'on travaillera à la plage, cet été. Il n'y a donc pas le feu. Pourquoi ne pas profiter du reste de l'après-midi ?

– Je crois que je vais… traîner un peu, dis-je alors.

– Ah oui ? s'étonne Miles. Tu fais ça, toi ?

– Oui, pourquoi ?

– Je ne sais pas, tu pourrais avoir des cours préparatoires pour l'université. Ou alors des récitals de chansons espagnoles pour les maisons de retraite.

– Ahah ! Trop marrant ! Pourquoi tout le monde dit ce genre de chose sur moi ? J'aime bien glander. Quant aux chansons espagnoles, je l'ai expérimenté une fois et c'est sans doute ce qui m'a permis d'entrer à Northwestern.

– Bon, alors tu pensais faire quoi ?

– Je sais pas trop.

Il sort son téléphone de sa poche, le parcourt un instant.

– On pourrait aller voir un film, propose-t-il. Ils passent *Jaws* dans vingt minutes au Ciné-dollars.

– Et tu as envie de voir ça avec moi ?

Je plaisante, mais ça ne le fait pas rire du tout.

– Sauf si tu ne veux pas que je t'accompagne, répond-il aussitôt.

– Arrête de faire ton sale gosse pleurnichard !

Je regarde l'immense plage devant nous, le grand ciel bleu. Une douce chaleur règne autour de nous, juste ce qu'il faut pour picoter la peau. Je prends ma décision :

– Il fait trop beau pour s'enfermer dans un cinéma. On devrait plutôt traîner dehors !

– Tu veux qu'on se trouve un banc ?

– Je pensais plutôt à une balade.

– Une balade ? répète-t-il d'un ton dubitatif.

– Je voudrais découvrir quelque chose de nouveau. On pourrait essayer par exemple le mont Baldhead…

Une dune ridicule pas très loin de nous, avec un escalier pour monter au sommet d'où on a une vue fabuleuse sur les lacs Kalamazoo et Michigan.

– Il n'y a que trois cents marches à gravir, Mi. Tu peux y arriver. Ou pas. Personne ne te force.

– Trois cent deux, exactement. Et les deux dernières sont les plus dures.

– Bon, c'est comme tu veux.

– Je veux, affirme-t-il.

Nos regards se croisent et, cette fois, on ne plaisante plus ni l'un ni l'autre.

Je me penche pour ramasser une serviette tombée par terre et la jette à la poubelle tout en répondant d'une voix légèrement étranglée :

– Bon, d'accord. On y va.

Il sourit en faisant mine d'attraper un lien invisible qui pourrait nous relier.

– Si je meurs à cause de toi, tu vas devoir transporter mon corps sans vie au pied de la montagne. Mais ne t'inquiète pas. Je suis sûr que les braves gens de Northwestern trouveront ça tout aussi impressionnant.

***

Une fois parvenus au parking du mont Baldhead, je verrouille le char, vérifie les cadenas des compartiments frigorifiés. Il ne reste rien à l'intérieur, mais je ne veux pas que quelqu'un y touche. Après quoi, j'attrape mon sac à dos et commence à monter les marches devant Miles qui jette la tête en arrière pour respirer un grand coup avant de se lancer.

– Allez ! finit-il par dire en mimant des étirements à l'ancienne dignes d'un professeur d'aérobic. On est partis.

Je ne suis pas vraiment dans une forme physique idéale – je ne crois plus avoir couru depuis que le corgi de notre voisin, Jamie Oliver, s'est perdu dans le voisinage, l'automne dernier –, mais Miles se moque de moi. Il fait comme si j'allais me présenter aux Jeux olympiques. On en est au cinquième palier quand il lève une main pour m'arrêter.

– Ahhh, soupire-t-il en s'appuyant sur ses genoux. Je. Suis. Mort !

Je lui tends ma bouteille d'eau. Il la vide à moitié, s'essuie la bouche du dos de la main.

– Miles ! On a encore deux cents marches !

– Deux cent vingt-deux, corrige-t-il. Je tiens les comptes.

En chemin, on a été doublés par deux grands-mères en chaussures de sport orthopédiques, puis par un groupe de lycéens en plein entraînement. Miles profite de leur passage pour s'adosser à la balustrade. Il respire mieux, mais l'épuisement se lit sur son visage. D'un côté, je m'inquiète à l'idée qu'il n'ait qu'à moitié plaisanté en me prévenant que je devrais sans doute redescendre son cadavre.

De l'autre, être en sueur ne lui va pas si mal…

Qu'est-ce qui me prend ? Suis-je à ce point en manque d'affection que j'en arrive à craquer pour Miles ? Et puis quoi encore ? Les copains de hockey en patins à roulettes de Jackson ? Du coup, je l'interroge d'un ton irrité :

– Tu es sûr que ça va ? Parce que si tu as envie de vom…

– Ça va ! Désolé de ne pas être en aussi bonne forme que tes stars de foot.

– Attends, pardon ? Ça veut dire quoi, au juste ?

– Laisse tomber. Viens, on y va.

– Non, dis-je en me plantant devant lui. Tu parles de Clayton, là ?

– Je ne parle de personne. Je suis un enfoiré. Sérieux, on se le grimpe ce sommet, d'accord ?

Ça ne tient pas debout : Miles n'a jamais montré un grand intérêt pour ma personne, et vice versa. Qu'est-ce que ça peut lui faire que je m'intéresse à Clayton ?

– Bon, dis-je en essayant de ne pas avoir l'air de trop insister. On y va.

On grimpe lentement sans rien dire. Au sommet, la vue est aussi incroyable que dans mes souvenirs, avec tous ces lacs qui l'entourent et ce ciel infini. Sans un mot, je tends ma bouteille à Miles et il en boit encore une grande goulée en remuant sa pomme d'Adam.

– Je venais ici avec Tommy, souffle-t-il en me la rendant.

D'abord, ce sont les premières paroles que l'un de nous deux prononce depuis vingt minutes, ensuite, Miles ne parle jamais de son frère, ou presque. Ça me fait drôle d'entendre une deuxième fois ce nom dans la journée.

Je réponds en prenant mille précautions :

– Ah oui ?

– Oui. On faisait la course jusqu'au sommet. Le dernier arrivé devait se taper toutes les corvées de l'autre pendant une semaine.

– Ah bon ? Tu étais d'accord ?

– Pas du tout ! Mais Tommy jouait les boss, comme tu le sais. Il me faisait faire ça parce qu'il était plus grand et qu'il pouvait me botter l'arrière-train.

Dans un grand soupir, il attrape la rampe, la secoue comme s'assurer qu'elle tient bien.

– La dernière fois que je suis venu ici avec lui, c'était la nuit où il est mort.

– Oh. Désolée, Miles. Si j'avais su, je…

– Tu sais, j'aurais pu refuser, aussi. Mais ça ne change rien, je n'ai pas besoin de venir ici pour penser à lui. En fait, je n'arrête pas.

– Non, bien sûr, mais…

Je n'y avais jamais vraiment réfléchi, mais Miles a déjà dû arpenter avec Tommy chaque endroit de la région, et il doit croiser son fantôme à tous les coins de rue. La plupart du temps, les attitudes de Miles, genre *je suis insensible à toutes les émotions humaines*, semblent tellement convaincantes qu'on en oublierait vite la réalité : les souvenirs de son frère ne l'ont pas quitté, il le pleurera toute sa vie.

Et là, je pose la question idiote :

– Il te manque ?

– Oui, jour après jour, répond-il en hochant la tête.

Tourné vers le paysage, il s'assied par terre et je prends place à côté de lui, ferme les yeux pour laisser le soleil dessiner des ronds tourbillonnants derrière mes paupières.

– Je t'ai dit, ajoute-t-il, que les deux dernières marches étaient les plus dures.

En guise de réponse, je lui donne un petit coup de pied sur la cheville.

CHAPITRE 8

Le lendemain matin, je descends dans la cuisine où maman prépare des pancakes que Jackson fourre dans sa bouche à mesure qu'ils quittent la poêle.

– Laisses-en pour ta sœur, tu veux ? gronde Nonna.

Pour toute réponse, Jackson en avale encore un tandis que je me sers une tasse de café et demande :

– Où est papa ?

La page de jeux du journal est pliée de façon à bien montrer les mots croisés aux trois quarts remplis.

– Parti faire des courses, explique maman.

Elle me tend une assiette, puis verse une autre louche de pâte dans sa poêle. Une bonne odeur de beurre fondu et de sirop d'érable emplit la pièce. Alors que je m'installe à table, mon téléphone vibre dans la poche kangourou de mon sweat. Un texto de quelqu'un au numéro inconnu de ma liste de contacts :

Alors, quelles sont
les nouvelles expériences
prévues aujourd'hui ?

Je tape aussitôt :

Désolée. Qui c'est ?

Devine.

Le corps soudain en alerte, je dépose mon mug sur la table. À vrai dire, il n'existe qu'une personne à qui j'ai parlé de mon petit projet et dont le nom ne figure pas sur mon répertoire. Ce ne peut quand même pas être…

Ou si ?

Je finis par me rendre :

Aucune idée. Inutile
de me compliquer la vie davantage.
Je pourrais avoir un indice ?

La réponse arrive peu après :

Bon. J'ai l'impression que tu as
toujours mon sweat depuis l'autre soir.

Merde alors. J'en tombe presque de ma chaise, aussi surprise, embarrassée que ravie. Ce fichu Clayton Carville qui se procure mon numéro je ne sais pas comment, puis m'envoie un texto…

Même si c'est pour m'accuser de vol.

Oups, désolée ! J'avais oublié que
je le portais, jusqu'à ce que tu partes.

Clayton répond par un emoji qui se gratte le menton. Puis il ajoute :

Alors, quel est le programme
de la journée ?

Travailler au char à glaces avec Miles, puis regarder une émission de pâtisserie avec Nonna, seulement je ne vais pas répondre ça à Clayton.

Oh, tu sais, quelque chose du genre
une balade en ballon, en faisant
un tour par l'Europe.

Il faut bien que tu finisses par mettre
un tampon sur ce passeport.

Un délicieux frisson me parcourt, un peu comme avec les encouragements ridicules de Miles, sauf que pour Clayton, il s'agit d'un des textos les plus excitants que j'aie reçus de ma vie. Je n'arrive pas à croire que je suis encore assise à la table de ma cuisine où mon frère engloutit les pancakes, où Nonna feuillette son journal en se plaignant que la ville soit encore dirigée par un groupe de fascistes républicains. J'aurais sans doute mieux fait de viser un plan astral, plus ambitieux.

J'avale une gorgée de mon délicieux café au lait tout en écrivant :

Exactement. Pas de temps à perdre.

Tu sais que le Canada n'est qu'à
cinq heures d'ici ?

Ah ! On devrait y aller.

Clayton ne répond pas tout de suite. Zut, j'ai déraillé ? Je vois la petite bulle bleue apparaître puis disparaître sur l'écran, et je m'apprête à le rassurer, à dire que je plaisantais, quand les trois points reviennent ; et puis, une seconde plus tard :

Tu peux être prête dans une heure ?

Lol, bien sûr. Qu'est-ce qu'il faut
pour le Canada, un répulsif anti-ours ?

Non, sérieux.

Je me redresse sur ma chaise, jette un regard vers maman qui termine ses pancakes en chantonnant.

Attends, vraiment ?

Pourquoi pas ?

Je pourrais lui énoncer un million de raisons : j'ai du travail, mes parents seraient furieux et, malgré le fait que je poursuis une liaison mentale torride et passionnée avec Clayton depuis quatre ans, on ne se connaît pas vraiment.

En fait, pas du tout.

Je m'apprête à lui présenter quelque chose comme des excuses quand surgit dans ma tête l'image de Paula en vêtements de voyage style années 80 – grosses lunettes de soleil, manteau et foulard fleuri sur son épaisse coiffure.

Tu dois dire oui.

Et je tape, encore incrédule :

Une heure. Tu te charges des snacks.

***

Il faut bien une heure pour que tout le monde bouge. Jackson regagne son école de cours d'été et maman le restaurant pour les préparatifs du dîner ; quant à Nonna, elle se rend à la maison de retraite pour sa séance bihebdomadaire de zumba. Une fois qu'ils sont tous partis, j'envoie un texto à Miles :

Salut, j'y suis allée trop fort
avec ta randonnée, hier. Morte
de fatigue. Tu pourrais t'occuper seul
du char à glaces, cet après-midi ?

Sa réponse arrive vite :

Pas de souci. Tu as besoin
d'autre chose ?

Non, ça va. Essaie de ne pas
faire pleurer les gamins.

Pourquoi ? Ça t'amuse ?

Je me jette sous la douche avant de passer vingt précieuses minutes devant mon placard à chercher une tenue à la fois a) mignonne, b) pas trop sophistiquée et c) appropriée pour une excursion à l'étranger avec le vrai type de mes rêves. Je n'ai absolument rien qui corresponde à cette description si bien qu'à la fin j'enfile mon jean préféré et un débardeur à rayures bleu marine ; je tresse mes longs cheveux en une natte sur l'épaule, puis j'essaie en vain d'appliquer un peu d'eye-liner sur mes paupières. Je suis en train de me brosser les dents – non pas qu'on risque de s'embrasser durant ce voyage, mais si ça arrive, autant que je présente une bonne hygiène buccale – lorsque Clayton m'avertit par texto qu'il m'attend dehors.

Je dévale l'escalier à une telle vitesse que je manque me briser une cheville, m'arrête dans l'entrée pour me reprendre avant d'ouvrir la porte. Il a garé son 4 × 4 géant dans l'allée et m'attend devant, adorable avec son short kaki et son tee-shirt bleu froissé. Quelque part, je le soupçonne de ne pas s'être lavé les dents : deux cafés glacés traînent dans les porte-gobelets, ainsi qu'un sac d'épicerie débordant de chips et de bonbons au pied de la place passager.

– Je ne savais pas ce que tu aimais, explique-t-il, alors j'ai suivi mes goûts en espérant que ça te plairait.

Le cœur débordant de reconnaissance, je souris :

– Oui.

Cinq heures de voiture, c'est long avec n'importe qui, particulièrement avec l'objet de mon indéfectible affection ; je meurs de trac, en même temps, Clayton est quelqu'un qui sait écouter. Alors je parle de mon travail au restaurant, de l'université de Marquette, où il part cet automne, de sa petite sœur Ruthie qui fabrique des bracelets d'amitié.

– Je me demandais où tu avais trouvé ça, dis-je en regardant celui qu'il porte au poignet, tressé d'épais fils verts et bleus.

– Oh non ! celui-là, c'est moi qui l'ai fait.

Cependant, au bout d'une heure, on a presque épuisé tous nos sujets et il n'y a plus que le vent qui entre pour animer la cabine, sur fond de country chantée par Reba McEntire. J'essaie de me concentrer sur le paysage – la beauté du Michigan à cette époque de l'année –, mais je ne peux m'empêcher d'inspecter aussi l'intérieur de la voiture. J'ai passé tellement de temps à observer Clayton dans la cafétéria ou sur un écran d'ordinateur que ça fait bizarre de me retrouver si près de lui. Il a les cils plus blonds que ses cheveux et une minuscule cicatrice au coin du menton, en forme de croissant de lune.

Tout d'un coup, il sort son téléphone de sa poche et me le passe :

– Tiens, tu veux écouter un podcast ? Déverrouille avec le 3141.

Je n'en reviens pas qu'il m'indique son code aussi facilement. Je tape les chiffres et découvre en fond d'écran toute son équipe de foot dans laquelle je reconnais plusieurs visages.

– Ton numéro est composé des quatre premiers chiffres de pi, c'est ça ?

– Bien vu, sourit-il. Tu sais que tu es la première personne à t'en apercevoir ?

Je me sens rougir.

– Oui, c'est vrai que je suis une intello.

– Moi aussi, comme tu vois.

– Ça m'étonnerait.

Je clique l'app du podcast, prête à feindre l'enthousiasme pour je ne sais quel sport, et j'ai la surprise de découvrir un bel assortiment d'options scientifiques mais aussi historiques et gouvernementales. Là, je dois bien reconnaître mes torts :

– D'accord, dis-je en cliquant sur le titre « Environ-Mental », tu es peut-être un intello qui se cache…

– Je ne te le fais pas dire ! rigole-t-il alors que la musique commence.

Ces types sont super intéressants. Ils explorent dans tout le pays les suites des plus grands désastres environnementaux et leurs énormes impacts dont la plupart des gens n'ont jamais entendu parler. Sauf, bien sûr, les gens qui vivent dans les parages et dont les enfants sont nés avec des branchies et des nageoires.

On écoute pendant quelques minutes la présentation sur une zone de confinement de déchets solides de trente-quatre hectares où une digue s'est rompue, répandant autour d'elle plus de trois millions de litres de lisiers de cendres de charbon. Quelque part, c'est horriblement intéressant. Par-dessus tout, j'aime l'attention que me prête Clayton : la tête penchée, jurant entre ses dents. D'habitude, c'est moi qui stresse sur ces sujets, alors je suis contente de découvrir que ça peut arriver aux autres.

– Comme ça, dis-je pendant une publicité, tu t'intéresses à ce genre de chose ?

– Quoi ? demande Clayton en changeant de voie au passage d'un camion géant. Aux podcasts ?

– Non, à l'environnement, à notre planète qui brûle, à l'inévitable déclin de la civilisation telle que nous la connaissons. Enfin, des trucs réjouissants comme ça…

– Oui, ça me passionne. J'ai choisi Marquette à cause de la bourse d'étude de football, mais aussi parce qu'ils ont un super programme d'études environnementales.

– Ouah ! On dirait que tu es à fond !

– Oui. Enfin, je ne sais pas encore trop ce que ça va donner, mais je devrais avoir le temps d'y réfléchir.

Ça me fait penser à ce qu'a dit Carrie l'autre soir sur l'Institut d'art. Aucun d'eux n'a encore son avenir tout tracé, mais ça ne semble pas les déranger. Ce doit être assez libérateur, en même temps que terrifiant, et sans doute pas à conseiller.

– Alors, le football, c'est pas pour toujours ?

– Tu veux dire comme joueur professionnel ? s'esclaffe-t-il. Oh que non !

– J'y connais rien en sport. Pourtant, tu es super bon en foot, non ?

– Pas à ce point. Et puis, il faut adorer ça.

– Ce n'est pas ton cas ?

Il hésite, puis :

– Si, mais pas assez pour y consacrer toute ma vie. Et puis, c'est comme… je ne sais pas. Parfois, je me demande…

– Quoi ?

Je me rends compte que j'insiste un peu trop. J'ai envie de lui demander : *Dis-moi tout. Je te jure que tu peux me faire confiance !*

– Je ne sais pas, reprend-il. Je me demande, si j'arrêtais de jouer les footeux, est-ce que les gens s'intéresseraient encore à moi ?

J'en profite pour le taquiner :

– Tu veux dire que tu ne serais sans doute plus le mec le plus populaire des classes de terminale ?

Comme il secoue la tête, ses longs cils s'abaissent pour le protéger du soleil.

– C'était gênant, continue-t-il, quand cette liste de popularité est sortie.

Pas autant que de ne pas en faire partie du tout, j'imagine, mais je préfère garder ça pour moi.

– Tu pourras toujours te réinventer à l'université. Recycler le Footeux en Geek !

En exprimant cette idée, je songe encore à Paula et son plan d'accomplissement personnel en trois points.

– Tu sais, répond-il aussitôt, que la plupart des gens ignorent que le recyclage n'est pas du tout la solution à nos problèmes d'environnement ? Je ne crois pas que ce sera si facile… J'ai obtenu cette bourse grâce au foot.

Il jette un coup d'œil dans son rétroviseur avant de désigner un grand bus de tournée orné d'une feuille d'érable géante. On ne doit plus être loin.

– Et toi ? demande-t-il d'un ton laissant clairement entendre qu'il veut changer de sujet. Northwestern cet automne, c'est ça ? Et ensuite ?

– Northwestern cet automne, dis-je, étonnée.

Certes, j'aurais pu écrire une biographie non autorisée de Clayton Carville pour ma thèse de terminale, mais c'est quand même bizarre de penser qu'il sait des choses sur moi.

– Ensuite, les études de droit. L'internat avec « Initiative pour une justice équitable » ou le « Projet Innocence ». Option avocate au barreau. L'exercice du métier pendant quelque temps. Et puis, si je me débrouille bien, la magistrature.

Clayton fait la grimace.

– Au moins, tu sais ce que tu veux !

Je ne suis pas certaine qu'il se moque ou non de moi.

– Oui, et je me demande pourquoi ça n'arrive pas à tout le monde.

Il réfléchit un instant avant de demander :

– Et si les choses ne se passent pas comme prévu ?

– Par exemple ?

– Je ne sais pas. Si tu n'es pas admise au barreau ?

– Pourquoi je ne serais pas admise ?

Là, il éclate de rire.

– Bon, je suis sûr que ça se passera bien. Mais ce sont des choses qui arrivent.

– Non, je n'ai jamais raté un truc pour lequel je me suis donné du mal. Je n'ai pas le sens de l'échec.

Évidemment, comme je ne me lance que dans des entreprises que je suis certaine de réussir, mais là n'est pas la question.

Clayton secoue lentement la tête.

– Tu es quelqu'un d'assez intense, non ?

Instantanément, mon corps s'enflamme.

– On m'a déjà dit ça, oui. Désolée.

Je sais que, parfois, je vais trop loin, je me donne à fond dans mon travail, je désire les choses intensément, j'observe un mode de vie des plus rigides. Mais c'est juste que je n'ai pas la notion du recul avant d'aller trop loin.

– Non, répond-il aussitôt, ce n'est pas une mauvaise chose. Je faisais juste la remarque.

Je ne peux m'empêcher de lui jeter un regard curieux et, là, je revois cette expression impénétrable qu'il avait eue l'autre soir, au feu rouge, avant de détourner les yeux vers la route.

– De toute façon, tu es pareil. On ne peut pas dire que tu sois du genre à rater un truc.

– J'en ai raté plein, en fait. Tu sais que je joue au foot. J'ai perdu davantage de parties que je n'en ai gagnées. Je ne crois pas que ce soit toujours mauvais. Parfois, les échecs sont plus essentiels que les victoires, tu ne crois pas ?

Pour autant que je sache, c'est exactement le genre de chose que se disent les perdants pour se rassurer ; pourtant, venant de Clayton, ça me donne une autre impression. J'ai travaillé tellement dur au lycée pour ne *jamais* échouer. Ça fait drôle d'entendre quelqu'un comme lui en parler comme si c'était parfois une bonne chose.

– Euh…

C'est tout ce que je parviens à dire. J'attrape le sac de courses pour en sortir un paquet de chewing-gums. Clayton me tend la main.

CHAPITRE 9

Clayton quitte l'autoroute à Mackinaw City, une ville au nord du Michigan.

– Je me suis dit qu'on pourrait prendre le ferry vers l'île Mackinac pour déjeuner, explique-t-il en entrant dans un parking au bord de l'eau. Ça te va ?

Il aurait pu me proposer un repas dans un relais routier, j'aurais accepté sans me faire prier, mais là, je lui réponds en toute sincérité :

– Ça m'a l'air génial !

S'il s'agit d'un rencard – et je crois que ce pourrait bien être le cas – c'est à cent pour cent le meilleur que j'aurai jamais eu.

Et le seul auquel je me serai rendue, mais quand même.

J'attrape mon sweat DiPasquale sur le sol du 4 × 4 et suis Clayton à travers le parking pour aller acheter nos billets de ferry au kiosque. Le téléphone de Clayton bipe deux fois pour annoncer des textos tandis qu'il paie le sien, et il se rembrunit en regardant l'écran. Comme il se hâte de répondre, je demande :

– Tout va bien ?

– Ouais, assure-t-il en rangeant l'appareil dans sa poche. Super.

Une fois à bord, on se cherche la meilleure vue possible en s'installant sur deux sièges proches du bord et j'enfile ma capuche pour me protéger du vent glacial qui monte de l'eau. Le ferry est plus grand que j'en avais eu l'impression depuis le quai, avec une roue à l'arrière qui envoie un immense jet d'eau dans son sillage.

– Ça n'accélère pas sa vitesse, observe Clayton. C'est juste pour faire joli.

– Attends, il faut que j'ajoute Capitaine de Ferry à ta liste de surnoms ? Après Footeux et Geek recyclé ?

– Passager usuel, corrige-t-il. On venait ici chaque été, c'est tout. Mes grands-parents vivaient à Berlin, on les voyait deux fois par an : tous les mois d'août ici et à Noël chez eux.

– Berlin en Allemagne ? dis-je en haussant les sourcils. Tu parles allemand ?

– Euh… *Oktoberfest*, articule-t-il.

– C'est ça. Et aussi *Wienerschnitzel.*

– *Volkswagen.*

– *Kummerspeck.*

Ça m'est revenu d'un seul coup, mais il ne semble pas saisir.

– Pardon ? demande-t-il. C'est quoi ?

– Chagrin de jambon.

C'était dans un mots croisés qui nous avait laissés sans voix, papa et moi.

– Du moins littéralement. Disons que ça correspond au poids que tu prends parce que tu as trop mangé pour compenser tes émotions.

– Attends, ça n'existe pas !

– Si, complètement. Regarde sur Google !

– Tout de suite.

– Vas-y.

– Bon, d'accord.

On s'est tournés l'un vers l'autre et nos sièges sont si rapprochés que mes jambes touchent les siennes ; un court instant, il se penche comme s'il allait m'embrasser. *Et si je me lâchais ? Si je lui offrais mon visage, fermais les yeux et...*

Il se racle la gorge, se redresse.

– *Kummerspeck*, répète-t-il encore.

***

Une fois qu'on est arrivés sur l'île, je repère une table de pique-nique et m'installe sous un grand parasol jaune tandis que Clayton va nous chercher de quoi manger. Il a laissé son sweat Tottenham – que je lui ai rendu ce matin, un peu gênée – et son téléphone sur le banc à côté de moi. Je sais que je ne devrais pas – que ce serait une violation flagrante de sa vie privée, que ça ferait de moi une pure harceleuse –, mais je ne peux m'empêcher de m'interroger sur les textos qu'il a reçus tout à l'heure, s'ils ne venaient pas de Bethany. Certes, Clayton a dit qu'ils avaient rompu mais aussi que les choses restaient compliquées entre eux, autrement dit, une pure dérobade… Il faut que je comprenne ce qui se passe, voilà tout.

Je jette un coup d'œil sur la file d'attente devant le bar pour m'assurer que Clayton ne peut pas me voir.

Et puis je prends l'appareil et je saisis les quatre premiers chiffres de pi.

Effectivement, sa conversation la plus récente était avec Bethany :

Je suis trop triste aujourd'hui.
Tu peux venir ? Apporte
des Pringles verts.

Désolé, ma puce. Pas possible
aujourd'hui, mais je te rappelle.
Ça va, toi ?

Toute cette histoire craint trop.
Qu'est-ce que tu fais ?

– Hé ! lance Clayton en arrivant chargé d'un plateau rempli de victuailles. J'espère que tu as faim.

– Il est tombé par terre ! dis-je aussitôt en lui tendant son téléphone.

Mon cœur bat trop fort, autant parce qu'il pourrait m'avoir surprise, mais aussi à cause de ce que j'ai lu.

Que signifie au juste « Cette histoire craint trop » ? La rupture de Clayton et Bethany ? Et pourquoi ne lui a-t-il pas répondu quand elle a demandé où il se trouvait ? En fin de compte, je me retrouve avec davantage de questions qu'avant d'aller fouiner dans son intimité.

– Désolée, je viens juste… de le ramasser.

– Oh, merci.

Apparemment, il me croit sur parole. Il dépose le plateau sur la table, range l'appareil dans sa poche.

– Tiens, reprend-il en riant, j'ai choisi le meilleur.

Et il me tend un hot-dog ainsi qu'un paquet de croustilles et un verre de bière en carton.

– Je ne sais pas trop ce que tu aimes avec les hot-dogs, alors j'ai pris un peu de tout.

– De la moutarde, dis-je gravement. Juste de la moutarde.

Je suis très pointilleuse avec les épices. Là, il me prévient tout en assaisonnant le sien avec des cornichons, de la moutarde et du ketchup :

– Tu vas devoir apprendre à apprécier les Chicago-Style, l'année prochaine.

Il mord gloutonnement dans le sien et finit par demander :

– Ça va ?

– Oh ! dis-je en m'apercevant soudain que je n'ai rien touché. Euh, oui.

Nonna dirait sans doute que ça m'apprendra à fouiner dans les affaires des autres, tandis que Paula conseillerait de me ressaisir et de sourire à la vie.

Théoriquement, elles auraient toutes les deux raison. Après tout, rien n'a changé depuis vingt minutes. Je n'ai toujours aucune idée de ce qui s'est passé entre Clayton et Bethany.

Sauf qu'il est ici avec moi.

– Alors, dis-je en attrapant mon paquet de croustilles, vous veniez ici tous les étés ?

– En fait, mon père ne pouvait prendre qu'un long week-end, mais avec ma mère et Ruthie, on restait une quinzaine de jours, parfois plus.

Il chasse un goéland qui veut sauter sur le bord de la table.

– Ton père travaille beaucoup ?

– Pas mal. Il fabrique des hanches et des genoux pour les chirurgiens. Et ma mère participe à tous les conseils et comités imaginables. On ne les voit jamais beaucoup.

Quand je pense à mes parents et à Nonna, sans cesse présents dans la maison et au restaurant, tous à nous mêler sans cesse les uns des autres. Parfois, ça me prend la tête, mais pour rien au monde je ne voudrais changer d'atmosphère.

– C'est nul.

– Non ça va, assure-t-il. Enfin, quand j'étais petit, je ne comprenais pas pourquoi les parents des autres enfants étaient toujours là et pas les miens. Maintenant, je crois que c'est mieux ainsi.

Ça me rappelle un soir au DiPasquale – les quatre Carville qui faisaient la gueule, ses parents au bord de la dispute.

– Ils sont…

Je cherche à poser délicatement la question quand quelque chose atterrit sur la table et, d'un mouvement rapide, saisit le reste de mon hot-dog, me heurte violemment le visage en repartant. Je pousse un cri, plus choquée que blessée, mais Clayton se lève d'un bond, se jette pratiquement sur moi et m'entraîne dans sa chute.

Je demeure un instant allongée sur l'herbe, Clayton toujours sur moi, l'air complètement ahuri.

– C'était quoi, ça ? demande-t-il dans un souffle en commençant à se redresser.

Nos chevilles restent encore emmêlées et sa peau nue touche la mienne entre l'ourlet de mon jean et mes baskets.

– Une mouette, dis-je en indiquant l'endroit où elle s'est envolée.

Ma peau me picote – sans doute l'adrénaline après cette expérience de mort imminente, mais pas seulement.

– Sale bête ! rigole Clayton. J'ai cru à une invasion d'aliens.

Comme notre repas reste sans protection sur la table, on voit s'approcher d'autres oiseaux. Si bien que Clayton bondit d'un coup pour les chasser.

– Laisse-les, dis-je en l'attrapant par le poignet. Tu ne veux pas qu'on s'en aille ?

– Si.

Et il m'aide à me relever.

***

On reprend le ferry, puis la voiture.

– Tu es certaine de vouloir faire ça ? plaisante Clayton en entrant la frontière canadienne dans son GPS. Tu ne vas pas te dégonfler à la dernière minute ?

– À vrai dire, ce qui m'inquiète, c'est de trouver ça décevant, dis-je avec une grimace.

– Ah oui ?

D'un coup il freine, se tourne vers moi :

– Tu préfères laisser tomber et rentrer à la maison ?

Je lui tape légèrement sur le bras :

– Je ne te le conseille pas.

– Attention, là ! s'écrie-t-il en m'attrapant le poignet. On n'attaque pas le conducteur.

On finit par arriver à la frontière et le douanier ne semble pas du tout surpris par notre demande.

– D'où venez-vous ? demande-t-il en examinant la photo de mon passeport.

– Du Michigan.

– Et combien de temps allez-vous rester au Canada ?

– Oh, à peu près cinq minutes ! plaisante Clayton.

Hochant la tête, le douanier tamponne la page blanche.

– Bon séjour, termine-t-il.

– Alors ? demande Clayton dès qu'on se retrouve sur la route. Tu te sens différente ?

Je le dévisage un instant, éclairé par le soleil de cette fin d'après-midi qui lui bronze la peau. Je n'arrive pas à croire qu'il ait fait ça pour moi. Et encore moins que je l'aie laissé faire.

– Oui, dis-je en toute sincérité. Complètement.

***

Sur le chemin du retour, on écoute de la country tandis que le soleil se couche derrière les arbres.

– Tu veux que je conduise un peu ?

Clayton accepte ma proposition et on change de place. J'ai à peine démarré qu'il s'assoupit, la tête contre la fenêtre, sa gorge offerte et vulnérable. Je dois faire appel à toute ma volonté pour ne pas la caresser d'un doigt afin de vérifier si elle est aussi douce qu'elle en a l'air.

Bien entendu, je n'en fais rien. Je ne suis pas complètement malade.

Mais j'y songe.

Bientôt, le voyant de l'essence s'allume et je m'arrête à une station-service. Clayton se réveille lorsque je stationne devant une pompe.

– Hé ! commence-t-il en bâillant. On est où ?

– À environ une heure de la maison.

Il me demande si j'ai besoin de quelque chose et file aux toilettes, puis passe à la supérette avant de revenir les bras chargés d'un paquet. D'office, il s'installe au volant.

Tandis qu'on regagne l'autoroute, je repense aux textos qu'il a échangés avec Bethany, et j'ai envie de lui donner une chance de la ramener de lui-même dans la conversation :

– Alors, qu'est-ce que tu comptes faire cette semaine ?

En quoi je sous-entends : *Tu as l'intention de te remettre avec ton ex et quand tu dis que « c'est compliqué », ça signifie que vous vous touchez encore au niveau du maillot de bain ? Explique, stp.*

Il ne mord pas à l'hameçon. À la place, il parle du stage de foot à Hope College auquel participera sa sœur dans quelques jours, tandis qu'il donnera un coup de main à la clinique.

– Il y aura littéralement des centaines de jeunes venus de tout l'État, explique-t-il comme s'il ne savait pas trop à quoi lui-même s'est engagé. Ça va être dingue.

J'essaie vaillamment – et échoue lamentablement – de ne pas tomber sous le charme d'un Clayton Carville enseignant les principes du foot à des gamins de dix ans.

– Et toi ? demande-t-il.

Cette fois, je lui dis la vérité :

– Je vais travailler, surtout avec ma grand-mère.

– Elle vit avec ta famille ?

– Oui. Nonna est venue chez nous après la mort de son mari.

– Ton grand-père ?

– Euh, pas vraiment. Bill était son quatrième mari et ils n'étaient mariés que depuis deux ans. Je le connaissais à peine. Ils se sont rencontrés à une réunion socio-démocrate à Lansing.

Mon grand-père à moi est mort lorsque ma mère était encore une petite fille.

– Attends, reprend Clayton en écarquillant les yeux. Quatrième ?

– Oui, dis-je en pouffant de rire.

Entre Poppa et Bill, il y a eu Silvio, qui adorait les trains électriques, et Victor, avec cette énorme tache sur le front que je ne pouvais m'empêcher de regarder.

– Elle est italienne, passionnée jusqu'au bout des ongles. On appelle ça *sanguigna*. Elle tombe amoureuse vite et fort. Maman était comme ça aussi.

– Avec ton père.

– Euh, oui. Mais…

J'hésite à lui raconter la suite. Peu de gens savent que mon père n'est pas techniquement mon père, d'autant qu'il m'a légalement adoptée quand j'étais en CM1, si bien qu'on porte maintenant le même nom. Non pas que ça me gêne. Seulement, je ne me sens pas souvent assez proche de quelqu'un pour lui raconter ça.

– Avant. Avec mon père biologique.

– Oh.

C'est tout le commentaire de Clayton. Alors je poursuis :

– Comme il n’était pas du genre à vouloir faire des enfants, ils ont rompu quand j’étais encore toute petite.

– Tu te souviens de lui ?

– Pas trop. D’autant que maman ne m’a jamais montré de photos. Mais, parfois, j’entends quelqu’un parler d’une certaine façon, à une certaine cadence, et je me demande si ce n’est pas lui. Enfin bon, je ressemble pas mal à ma nonna, sauf sur ce point.

– Ah bon ?

La nuit est tombée maintenant et on ne voit plus que la lumière rougeâtre des lampadaires et la lune blanche qui brille dans un coin du ciel.

– Alors comme ça, reprend-il, tu n’es pas une… comment tu dis ? Pour tomber amoureuse vite et fort ?

– *Sanguigna.* Pas vraiment. Ça m’arrive, mais je ne réagis pas. Je reste dans un coin.

– Bon à savoir, sourit-il.

On ne dit plus rien jusqu’à la fin du trajet et l’ambiance dans la cabine s’emplit d’une énergie électrique qui me tape sur les nerfs. J’ai l’impression d’entendre les battements de cœur de Clayton, de sentir le sang circuler dans ses veines. Le temps qu’on arrive dans ma rue, j’ai presque envie de chanter l’hymne national pour briser la tension.

Clayton la ressent-il, lui aussi ? Ou suis-je la seule à vivre cette expérience extrêmement tendue dans le tréfonds de mon cerveau dérangé ? Je n’ai pour ainsi dire aucune expérience dans ce domaine ; à vrai dire, il semblerait que j'ai interprété la situation de travers et il va me serrer la main à la fin de la nuit comme à la fin d'un fichu entretien d'embauche.

– Je me suis bien amusé, dit-il en s'arrêtant devant ma maison.

En principe, ce serait bon signe ; ça voudrait dire qu'il compte rester un peu plus longtemps qu'il ne m'en faut pour quitter ma place.

– Moi aussi, dis-je en pliant une jambe sous moi pour me tourner vers lui. Sérieux, Clayton, c'était trop génial de faire ça pour moi.

– C'est toi qui es géniale… Putain, c'était trop ringard.

– Pas grave, dis-je avec un rire nerveux. J'aime les trucs ringards.

L'air incrédule, il s'esclaffe à son tour.

– Bon, d'accord.

– D'accord.

– Alors, dans ce cas, soupire-t-il en rapprochant de moi son corps puissant, est-ce que je pourrais… disons…

Il s'interrompt dans un juron avant de râler :

– Comme si j'avais le trac !

Et moi de lui répondre d'une voix étranglée :

– Je… te jure qu'il n'y a aucune raison.

– Ah oui ?

Son sourire revient et soudain revoilà le Clayton que j'ai regardé pendant des années dans le hall d'entrée – Footeux, le mec le plus populaire. Avec le monde entier à ses pieds, y compris moi.

– Alors, ça te va si je… reprend-il.
– Oui.
Là-dessus, je me penche pour l'embrasser.
Oui.

CHAPITRE 10

Jusque-là, je n'ai embrassé qu'une autre personne – Charlie Patterson, qui m'a fait un bisou sur les lèvres pendant une partie particulièrement vexante de Jeu de la bouteille à l'anniversaire de Ruoxi, en CM2. Toujours est-il que ça ne me fait pas le même effet cette fois-ci.

J'ai posé mes mains moites sur ses épaules et il me tient la tête dans sa large paume alors que mon corps se fond dans le sien. Sa bouche cherche la mienne, d'un mouvement hésitant au début, puis de plus en plus fermement ; je sens ses cils me frôler la joue. L'angle est un peu bizarre, mais on est tous les deux appuyés sur la console centrale et je sens ma colonne vertébrale un rien tordue, enfin peu importe, car je suis en train d'embrasser Clayton Carville.

D'embrasser. *Clayton. Carville.*

J'attends que mon cerveau s'apaise un peu, que l'univers se concentre sur ce moment, comme chaque fois pour la fille dans les romans et les séries, cependant mon esprit galope : *Est-ce que je fais ça comme il faut ? Mon souffle est-il adapté ? Qu'est-ce qui va se passer quand on se quittera pour l'université dans six semaines ?* Au fond de moi, je me demande s'il ne faudrait pas prévoir un préservatif tout en me disant que c'est la pensée la plus idiote de ma vie. Comme si on allait faire l'amour dans sa voiture garée devant ma maison !

Il n'empêche que ça pourrait bien arriver…

Une éventualité qui vient d'entrer dans le domaine des possibilités !

C'est là que la lumière du perron s'allume.

– Oh mince ! dis-je en me redressant.

Malgré mon vertige, je m'avise que je n'ai prévenu personne ce matin de ce que j'allais faire aujourd'hui. En quoi j'ai sans doute eu tort.

– Bon, euh… Je crois qu'il faut que j'y aille.

– D'accord, répond aussitôt Clayton en s'essuyant le coin de la bouche. Je t'enverrai un texto.

– Euh… salut !

Je sors du 4 × 4, ouvre la portière arrière pour récupérer mon sweat DiPasquale. Ce n'est qu'en sortant mes clés de mon sac que je prends conscience du contenu du sac qui se trouvait sur la banquette arrière – un tube de Pringles à l'oignon.

Les verts. Ceux qu'avait commandés Bethany.

Je m'immobilise un instant, fais volte-face vers le 4 × 4 juste à temps pour en apercevoir les feux arrière qui disparaissent au coin de la rue. *Tu peux venir ?* lui a-t-elle demandé, telle une reine trop gâtée en train de convoquer un courtisan. Ce n'est pas possible... il ne va pas... alors qu'on vient de...

Non ?

Toujours immobile sur les marches, j'essaie d'aligner deux idées cohérentes lorsque ma mère ouvre la porte d'entrée.

– Qu'est-ce que tu foutais ? s'écrie-t-elle.

C'est bien la première fois qu'elle me décoche un gros mot. Elle a une mine épouvantable, les yeux rouges, ses cheveux noirs en bataille, comme si elle n'avait cessé de tirer dessus.

– J'ai déconné, dis-je en ouvrant les mains.

– Ça, c'est sûr !

Elle m'attrape par le bras tel un gosse qui aurait traversé en dehors des clous, et me pousse dans la maison.

– Où tu étais ?

J'ai l'impression que si je parle du Canada, ça ne passera pas.

– Avec un ami. Tu sais, Clayton.

Derrière elle, j'aperçois mon père assis à la table de la cuisine, l'air tout aussi anéanti.

– Clayton ? répète-t-elle en secouant la tête. Qui c'est ?

– Un garçon du lycée. Je n'ai pas fait attention à l'heure...

– C'est le moins qu'on puisse dire, Rachel. Il est près de minuit. On n'a pas entendu parler de toi de toute la journée. Tu ne répondais plus au téléphone…

– Vous ne m'avez pas appelée !

Tout en parlant, je me rends compte que c'est complètement invraisemblable. Je sors l'appareil de mon sac. Il est effectivement resté en mode silencieux toute la journée et j'étais trop distraite par ce qui m'arrivait pour m'en étonner. Trente-sept appels manqués et au moins autant de textos des parents et de Nonna. Il y en a même un de Miles, vers seize heures :

Yo, juste pour info,
tes parents pètent les plombs.

Je ne sais pas quoi dire, cherche papa du regard, mais il n'a pas l'air de me soutenir :

– Ta mère a raison : tu as disparu presque toute la journée. Tu as de la chance qu'on n'ait pas prévenu la police.

La *police* ?

– Ce n'était pas ça…

Maman ne veut rien entendre :

– Par-dessus tout, poursuit-elle, tu as séché le travail. Sans nous prévenir, ni rien. Ce pauvre Miles a dû s'occuper seul du char à glaces…

– Je l'avais prévenu par texto. Il a dit…

– Tais-toi ! lâche-t-elle en levant un doigt menaçant. On travaille en famille, mais c'est un emploi comme les autres. Tu nous as fait une peur bleue – ainsi qu'à ta grand-mère de soixante-dix ans – et tout ça pour quoi ? Pour traîner avec un garçon ? Jamais je ne t'aurais crue aussi inconsciente.

À l'idée que Nonna ait pu s'inquiéter pour moi, je me sens au bord des larmes.

– Pardon, dis-je d'une petite voix. Je n'ai aucune excuse.

– Non, effectivement, lâche maman.

Elle inspire profondément, respire.

– Je ne saurais te dire à quel point je suis soulagée de constater que tu vas bien, Rachel. Mais maintenant je ne veux plus te voir. On en reparlera demain.

Là-dessus, elle s'en va, me laissant seule avec papa dans la cuisine.

Mille autres excuses me parcourent alors la cervelle : je m'en vais à la fin de l'été. J'ai presque dix-huit ans. C'était juste ce fichu Clayton Carville, le roi du lycée de Westfield ; qu'aurais-je pu faire d'autre ?

Là, je vois mon père, ses épaules basses, son front plissé, et j'abandonne toute idée de réplique.

– Elle est furieuse contre moi, dis-je en m'asseyant près de lui.

Il lève sur moi un regard mauvais.

– Tout comme moi, ma chérie, soupire-t-il. Elle a eu peur de te perdre, voilà tout.

– Désolée, dis-je encore en posant une main sur la sienne. Mais tout s'est bien passé. Ce n'est pas comme si…

– Non, coupe-t-il, pas ce soir. Voilà… il te reste encore quelques semaines et puis, *pouf*, tu seras partie. C'est une énorme mutation pour elle.

– Bien sûr.

Encore que je n'ai jamais trop réfléchi à ce que mes parents pouvaient penser de mon départ à la fac.

– C'est une grande étape pour moi aussi. Et ce n'est pas parce qu'elle a pris l'habitude de me voir passer mes journées enfermée dans ma chambre…

Il m'arrête d'un geste :

– Je sais que c'est important pour toi aussi, nous allons tous devoir nous adapter. Mais tâche de te rappeler que tu dois mener ta barque. Ta maman et moi… ne sommes que des spectateurs sur le rivage. Laisse-nous un peu respirer, tu veux ?

– D'accord.

– Bon, souffle-t-il en se redressant sur sa chaise. Tu t'es amusée, au moins ? Avec ce Clayton ?

– *Papa.*

Je me sens rougir et baisse les yeux en songeant à cette journée, à notre conversation, à notre balade en bateau.

À notre baiser.

– Tu sais quoi ? dis-je en relevant la tête. Oui !

***

Le temps de remonter dans ma chambre, je me sens complètement épuisée. Je me glisse juste sous mes couvertures lorsque mon téléphone – dont j'ai réactivé la sonnerie – m'annonce un texto de Carrie :

Euh. Tu es allée au Canada
aujourd'hui ?

Puis, peu après :

Avec Clayton ?

Mince, les nouvelles circulent vite
quand on est populaire. Qui t'a dit ça ?

J'ai mes sources à la frontière.
Alors, où vous en êtes, tous les deux ?

Il m'a embrassée, ai-je envie de lui dire. *Il m'a dit que j'étais géniale. Je crois qu'il avait aussi acheté des Pringles pour une autre fille.* Je tape ma réponse :

Oh, qui sait ? Demande-toi plutôt
ce qu'il y a entre lui et Bethany.

Elle ne réagit pas et je me mordille nerveusement le pouce. Bethany et elles sont amies depuis longtemps. Alors je finis par ajouter :

Désolée pour ma curiosité.

Cette fois, elle répond aussitôt :

Pas de souci. Pour autant
que je sache, c'est fini entre eux.
Pourquoi ?

Juste par curiosité.

Ben voyons ☺ On en parlera
de vive voix, d'accord ? Un de ces 4
chez Moxie's ?

Je risque d'être consignée
jusqu'à quarante ans. Mais d'accord.

CHAPITRE 11

– Regardez qui a décidé de nous gratifier de sa présence aujourd'hui ! s'exclame Miles à mon arrivée, le lendemain matin.

Il me décoche un sourire coquin tout en chargeant le char à glaces de boudoirs.

– Je dois dire que je suis impressionné, ajoute-t-il.

– Ça signifie quoi, au juste ?

– Toi qui zappes une responsabilité ! Je ne t'en aurais jamais crue capable. Comme si tu me déléguais ton boulot.

– Oh non ! dis-je, horrifiée. Surtout pas. Désolée si je vous ai fait peur à tous. J'aurais dû m'y prendre autrement.

– C'est bon, mais je suis content qu'on ne t'ait pas retrouvée morte dans un fossé, les mains et les pieds tranchés.

– Houlà, Miles ! Quelle délicatesse !

Le temps qu'on arrive à la plage, il y a déjà une petite foule qui nous attend. Apparemment, les Gondolas glacées ont un certain succès, et il n'en reste jamais le soir. Si bien que papa a doublé ses commandes dans l'espoir de pouvoir refaire le plein à la mi-journée durant les week-ends.

– Alors, dit Miles à mi-voix. Qu'est-ce que tu as fait, hier ?

Je m'efforce de ne pas sourire à ces bons souvenirs :

– J'ai quitté le pays.

Ça semble si absurde que si je ne sentais pas mes joues me brûler encore à la suite de notre balade en bateau, je n'y croirais pas moi-même.

Miles se redresse, l'air surpris.

– Quoi ?

– Juste pour faire un tour au Canada.

Je prends la carte de crédit d'un client pour encaisser sa commande.

– N'empêche ! s'écrie Miles en tendant une Gondola dans son emballage à une cliente. Tu te rends compte que les gens qui font ça ont d'abord commis un crime. Qu'est-ce que tu as fait ?

– Bonne journée ! dis-je à mon client. Non, Miles, je n'ai commis aucun crime. Je voulais juste avoir un tampon sur mon passeport.

J'ai l'air de me la raconter, mais tant pis.

– Oh ! marmonne Miles, pas impressionné.

– Quoi ?

– Rien. Alors, tu vas lui pondre un million de bébés, maintenant ?

– N'importe quoi !

– D'accord, conclut-il en nettoyant le comptoir.

– Quoi ?

– Rien !
– Miles, je te jure…
– Écoute. Méfie-toi de ce type, d'accord ?
Ça me fait repenser aux textos et aux Pringles, aux « C'est compliqué. » Et j'insiste :
– Pourquoi ? Tu sais quelque chose ?
– Non, rien du tout.
– Bon, n'empêche…
– T'arrêtes de me prendre la tête, une seconde ? J'essaie de t'aider, là. Tu sais que ma maison se trouve en face de chez Bethany, non ?
Je n'aime pas trop le sous-entendu.
– Si. Et alors ?
– Alors, la voiture de Clayton se gare souvent dans le coin.
– Oui, non, je sais, dis-je soulagée. Mais ils ont rompu.
– Quoi ? Depuis hier soir ?
– Attends, sa voiture était là hier soir ?
– Le 4 × 4 géant avec sa vignette de joueurs de foot ?
– Oui.
Là, mon expression doit me trahir, car il soupire :
– Écoute, je ne veux pas foutre la merde.
– Ah bon ?
– Non. Mais à ta place, je préférerais qu'on me dise que la voiture de mon nouveau pote était garée dans la rue de son ex hier soir… jusqu'à ce matin.
– Je… oh.

Je sens tout mon corps se dégonfler, mon estomac se barbouiller comme si j'avais avalé toute notre réserve de Gondolas d'un coup.

– D'accord.

Oui, Clayton m'a bien dit que les choses étaient compliquées entre Bethany et lui. Oui, j'ai vu ces chips à l'arrière de sa voiture. Pourtant, je n'aurais pas cru qu'ils étaient encore…

Il me donnait le sentiment d'être…

Quel genre de personne…

– Rachel, dit-il d'un ton paisible.

Il s'avance d'un pas vers moi et, le temps d'une pénible seconde, j'ai l'impression qu'il va me prendre dans ses bras mais, en fin de compte, il m'écarte doucement de son chemin pour atteindre le comptoir.

– Bonjour, lance-t-il pour accueillir la cliente suivante. Que puis-je faire pour vous ?

***

Je passe le reste de l'après-midi à faire la gueule, dans une atmosphère d'orage d'été. Miles essaie de me remonter le moral avec des commentaires grivois sur les passants qui ne se doutent de rien, mais ça ne marche pas et, durant la dernière heure, on travaille en silence.

De retour à la maison, j'avale deux tranches de pizza restantes – ailes de poulet sauce buffalo et jalapeños, le tout tellement épicé que ça me brûle le nez – avant de remonter me jeter la tête la première sur mon lit. Je parcours Snapchat pour la millionième fois aujourd'hui, à la recherche d'une nouvelle preuve de la trahison de Clayton, lorsque mon téléphone vibre avec un texto du Footeux en personne.

Salut. Tu es libre, ce soir ? À 19 h 15,
ils passent Indiana Jones
au Ciné-dollars et plein de gens y vont.

Comme Bethany ? me dis-je, irritée, en jetant mon appareil sur le matelas avant de me pencher pour le récupérer. Et je réponds :

Peux pas. Consignée.

Je ne sais pas trop si c'est vrai – maman ne m'a pas encore parlé de la journée à part pour me dire « mets de la crème solaire » alors qu'avec Miles on sortait avec le char à glaces – en tout cas, ça semble plausible.

Merde. À cause d'hier ?

Oui.

Il marque une pause, puis :

Ça va, toi ?

Bien.

Juré ?

Je me mords les lèvres avant d'écrire :

Ouais.

Il ajoute un emoji pouce en l'air.

D'accord. Bonne nuit.

Voilà, me dis-je en retombant sur mes oreillers. *Ce doit être ça. Bien essayé, Paula ! Désolée, ma jeune vie est déjà trop lamentable pour un changement de cap réussi !*

Et je me rassieds, si vite que ça me donne le vertige. Non, me dis-je, ce n'est pas juste. Après tout, pourquoi Clayton pourrait-il sortir aussi facilement et moi rester à ruminer chez moi ? Il m'a embrassée. Il m'a emmenée au Canada ! Je mérite au moins de tourner la page.

Je vais fouiller dans mon placard, un peu énervée que la Rachel d'avant se soit constitué cette garde-robe sans fantaisie, avant de choisir un jean et un tee-shirt à col en V puis de descendre. Mes parents assurent la fermeture du restaurant ce soir, autrement dit ils ne seront pas là avant deux bonnes heures, et s'ils ne m'ont pas encore consignée, ça ne me donne pas non plus carte blanche pour faire ce que je veux ; toutefois, ce qu'ils ignorent ne peut pas leur faire de mal.

Le Ciné-dollars fait partie de mes endroits préférés en ville – cette salle à l'ancienne, restaurée il y a quelques années par un millionnaire excentrique amoureux des films en noir et blanc de son enfance. Elle offre de moelleux fauteuils rouges sous un somptueux chapiteau Art déco, et projette essentiellement des classiques récents, genre *Toy Story* ou *Troop Beverly Hills*, ainsi que des œuvres expérimentales.

Clayton et ses amis sont en train d'acheter leurs billets au guichet lorsque j'arrive dans une odeur de pop-corn.

– Salut ! lance-t-il en m'apercevant, l'air surpris. Tes parents ont changé d'avis ?

Je ne lui rends pas son sourire :

– Pas vraiment. Je peux te parler, une minute ?

Il jette un regard vers ses amis. Bethany n'est pas là ce soir, mais Tricia Whitman nous observe avec curiosité. Quant à Spencer, il ne se donne pas la peine de masquer son sourire.

– Oui, bien sûr, répond Clayton.

Il me suit à l'angle du cinéma où des posters s'alignent à l'abri d'écrans en plexiglas, annonçant des séances matinales pour les enfants et une représentation nocturne de *Princess Bride*. Là, je lui annonce :

– Je suis venue te dire qu'on ferait mieux de ne pas se revoir.

Il cligne un instant des yeux. Avec son short vert olive effiloché, son sweat Tottenham et ses lunettes de soleil Wayfarer accrochées à son tee-shirt, il fait délicieusement estival ; ça me donne envie de le boxer.

– Bon, répond-il lentement. Tu es donc là pour m'annoncer qu'on ne devrait pas… sortir ?

Je n'aime pas trop le tour ridicule qu'il donne à cet échange.

– Oui, dis-je impérieusement. Écoute, c'était sympa hier. Mais l'année prochaine, tu seras à Milwaukee et moi à Chicago…

– Evanston, corrige-t-il.

– C'est pareil.

– Si tu veux. Mais je ne vois pas trop le rapport. Je croyais que tu avais bien aimé notre escapade ?

Là, il me fiche en pétard :

– C'est tout ce qui t'intéresse ? Quelqu'un avec qui t'amuser et que tu enverras promener à la fin de l'été ?

J'ai crié assez fort pour faire reculer une dame qui arrivait avec deux petits garçons.

– Quoi ? Bien sûr que non, mais… je ne sais pas trop ce que je veux, Rachel. Je croyais qu'on allait apprendre à se connaître, à se comprendre.

– Je suis au courant pour toi et Bethany.

C'est ma carte maîtresse, ma preuve irréfutable, mais Clayton me dévisage d'un air absent.

– Au courant de *quoi* au juste ?

Prise de court, j'ouvre la bouche, la referme.

– Bon, d'abord, je sais que tu as passé la nuit chez elle.

– Tu… grimace-t-il. Tu m'as suivi ?

– Bien sûr que non !

Je m'emporte, pourtant comment lui reprocher de sauter sur cette conclusion ? Il m'a bien vue en train de les espionner depuis ma chambre, l'autre soir. Et – même s'il n'est pas au courant – j'ai mouchardé ses textos.

– C'est un de mes amis qui a vu ta voiture.

– Si tu veux, convient-il. Écoute, je t'ai déjà dit que les choses étaient compli…

– Jusqu'à quel point ? Soit vous êtes ensemble, soit vous ne l'êtes pas. Sinon, je ne vois pas ce que tu ferais chez elle en pleine nuit…

– Et je ne vois pas en quoi ça te regarde.

– Ça me regarde, parce que tu joues avec mes sentiments !

– Sentiments… Attends, on est sortis *une fois* ensemble !

Là, ça fait mal.

Je serre les lèvres et mes yeux commencent à me picoter. Ce ne sont pas ses paroles qui me font mal – certes, on ne s'est vus qu'une fois, je le sais bien. C'est sa façon de le dire. Comme si je me faisais des illusions, comme si je n'étais qu'une gamine inexpérimentée qui s'amourachait du premier venu.

Et c'est peut-être le cas.

Je savais que mon attitude était déplacée. Je savais que j'avais tort de vouloir jouer celles que je ne suis pas.

– Bon, dis-je en m'accrochant tant bien que mal à mon personnage. On s'est bien marrés. Merci encore pour le tampon sur mon passeport.

– Rachel, soupire-t-il d’une voix plus douce, n’essaie…

– Salut, Clayton !

Là-dessus, je tourne les talons et rentre à la maison.

CHAPITRE 12

À ma grande surprise, je ne suis pas privée de sortie, contrairement à ce que je croyais. À la place, maman décide que je devrais *faire fondre ma dette envers la société de cette famille* en passant mon jour de congé à laver les carreaux de la maison.

Tous.

À l'extérieur et à l'intérieur.

C'est un travail pénible et fastidieux – on n'a pas de ces jolies fenêtres qui s'ouvrent avec un simple levier, autrement dit, ça demande beaucoup d'efforts – et je passe le plus clair de ma matinée à grimper à l'échelle puis à en descendre, je m'en prends plein les muscles du dos.

Jackson est censé la retenir, mais il ne peut s'empêcher de remuer, et je finis par lui crier :

– Tu pourrais faire attention ? Si je me casse la figure, ce sera à cause de toi.

– Ça va, rétorque-t-il, bien qu'il ne la tienne que d'une seule main.

De l'autre, il fait défiler son téléphone.

– Jackson !

Ce n'est qu'en fin d'après-midi que je termine et peux monter prendre une douche. Je suis en nage, je pue la sueur et j'ai une égratignure sur le bras à cause du panneau coincé dans la chambre des parents.

Au moins, ça m'a permis de ne plus penser à Clayton.

Il ne m'a pas envoyé de message cette nuit, mais je n'attendais rien. Même si je l'espérais un peu. Aussi, quelle idiote j'étais de lui faire confiance, de croire que j'étais le genre de fille qu'il recherchait. De croire qu'il était le genre de mec que je recherchais.

Je me suis trompée, voilà tout, me dis-je fermement en enveloppant mes cheveux dans une serviette avant de regagner ma chambre. Dans quelques semaines, je serai à Northwestern et tout ça ne comptera plus.

Ma vraie vie pourra commencer, ainsi que je l'ai toujours prévu.

Miles m'envoie un texto alors que j'enfile un legging.

Tu fais quoi ? Toujours en train
de pleurer dans ton bol de pop-corn ?

Je lève les yeux au ciel. En fait, je suis dévastée. Je voudrais pouvoir effacer les dernières quarante-huit heures, quitte à supprimer la balade à la frontière pour me retrouver à toujours admirer

Clayton de loin, sans jamais lui parler, ainsi que le destin semblait l'avoir prévu. Chaque fois que je ferme les yeux, j'entends son ton incrédule – *on est sortis une fois ensemble* – et j'ai du mal à m'empêcher d'aller plonger dans le lac Michigan.

Comme je ne vais pas dire ça à Miles, je lui demande :

Tu avais besoin de quelque chose ?
Ou tu voulais juste me prendre la tête ?

Surtout ça. Mais je viens de voir aussi
qu'il y avait de nouveaux épisodes
de ce truc de super-héroïne féministe
ringarde que tu regardes sur Netflix,
si tu as envie de venir les voir.

Ah !

Je m'assieds au bord du lit et mes cheveux s'égouttent sur l'oreiller. Je lui ai parlé l'autre jour de cette série dans la cuisine du restaurant, mais ça m'étonne qu'il m'ait seulement écoutée, encore plus qu'il soit d'accord pour la regarder. Ce n'est pas ringard, c'est extraordinaire. Enfin les deux. Ce soir ?

Sauf si tu as prévu de passer la soirée
à gémir et à te moucher
dans tes habits.

J'ai presque envie de l'envoyer promener… Et puis, je me dis qu'on s'est plutôt amusés ensemble, ces derniers temps – y compris au boulot avec le char à glaces – d'autant que je n'ai rien de mieux à faire ce soir. Avant de pouvoir m'en empêcher, j'imagine Paula avec un grand bol de pop-corn sur les genoux, en train de regarder notre héroïne descendre le pire des super-méchants – le patriarcat.

J'appuie sur ENVOI sans plus y réfléchir :

D'accord. J'apporte quelque chose ?

Attends. Tu viens vraiment ?

Et alors ? J'en ai plein le dos
de ces mecs débiles
et de leurs messages contradictoires.
Tu viens de m'inviter, non ?

Si. Et c'était sincère. Sauf que
je ne croyais pas que tu dirais oui.

Alors, voilà. J'enfile un débardeur en essayant de ne pas songer que je viens de passer dix minutes à lui répondre en soutien-gorge.

Pas fini de te surprendre.

Oui, je pense qu'on pourrait dire ça.

***

– C'est toi ! s'exclame la mère de Miles en m'ouvrant une demi-heure plus tard.

Sa voix m'est aussi familière que le thème de *Sesame Street* qu'elle chantait avec nous quand on était petits.

– Quand Mi m'a dit que tu venais, j'ai cru qu'il plaisantait.

– C'est bien moi.

Si on se voit tous les jours avec Miles, tant à l'école qu'au travail, on ne traîne pas vraiment ensemble et voilà un moment que je n'avais pas vu ses parents. Sa mère – que j'ai toujours connue sous le nom de Julie, encore que je trouve bizarre d'appeler un adulte par son prénom, si bien que je l'interpelle le moins possible – a quelques années de plus que la mienne et ne s'habille qu'en Ann Taylor ; elle ne laisse jamais passer un trop long moment entre deux visites chez le coiffeur. Si elles n'avaient pas été élevées ensemble, je crois qu'elles n'auraient aucun point commun, à part Miles et moi, bien sûr.

– La maison est magnifique, lui dis-je en regardant autour de moi.

La dernière fois que je suis venue ici, la vaste entrée était tapissée d'un vieux papier ivoire, et de lourds rideaux encadraient les fenêtres. À présent, tout a l'air frais et lumineux.

– Mon Dieu, c'est vrai ! dit Julie avec un faible sourire. Tu n'es sans doute plus venue depuis…

– Oui.

Depuis les funérailles de Tommy. Je ne peux m'empêcher de repenser à ce jour, même si on ferait mieux de l'oublier. Après la cérémonie, par ce jour de pluie, on s'était retrouvés devant un triste buffet dans cette maison qu'ils n'avaient pas fini de construire, avec la salle à manger improvisée au milieu du chantier. Un véritable désastre à tous points de vue.

– Euh, maman m'a dit que vous aviez vous-mêmes installé la cuisine ?

– Effectivement, répond Julie en me passant un bras sur l'épaule. Viens, je vais te montrer.

Tout en m'expliquant leurs choix de marbre et de meubles, elle me prépare un Earl Grey, et c'est là qu'apparaît Miles.

– Tu es là depuis quand ? lance-t-il, l'air soupçonneux.

Il a les cheveux mouillés et je me demande si c'est à cause de moi qu'il a pris une douche.

– Bonjour à toi aussi. Depuis quelques minutes.

– C'est moi qui l'ai embarquée, intervient Julie en me tendant un mug bien chaud. J'étais contente de te voir, ma chérie. Dis à ta maman que je l'appellerai cette semaine.

– Désolé, me souffle Miles une fois qu'elle s'éloigne.

Il sort une cannette de soda de l'énorme réfrigérateur et j'aperçois son jean et son tee-shirt au blason de la NASA. Ses pieds nus et blancs me paraissent très longs.

– Non, ça va. J'étais contente de la revoir.

Je dépose le sac de marché que je porte à l'épaule :

– J'ai apporté des snacks.

– Super, dit-il en regardant à l'intérieur. Hey, comme… avant ?

– Si on veut.

Je me suis arrêtée en chemin dans un supermarché et je me suis éclatée en prenant des crackers au cheddar, des pâtes de fruits et des bâtonnets de fromage, que des choses qu'on mangeait quand on était petits.

– Voilà, dis-je, la vie d'adulte n'offre pas assez l'occasion de manger des yaourts en tube.

– Parle pour toi ! commente Miles avec un large sourire. C'est génial, ton truc ! Viens, on descend.

Quand on était petits, Miles et Tommy utilisaient le sous-sol comme salle de jeux, et je m'attends à en voir la version lycée : canapés usés, éclairage crasseux couvert de poussière de chips. Sauf que le relookage est passé par là aussi : un gigantesque canapé d'angle devant un canot grandeur nature accroché au mur avec ses rames, une table de baby-foot et un mur aménagé en bibliothèque. Pas de télévision, mais une espèce de projecteur high-tech non loin du plafond.

– La peinture du mur permet d'en faire un écran haute définition, m'explique Miles.

– Vrai ?

Je me rapproche pour voir ça de plus près. Il ressemble aux autres murs mais, une fois qu'on appuie sur un bouton, le projecteur l'illumine. La lueur du programme est partiellement bloquée par mon ombre.

– Trop cool !

– Bienvenue dans le futur, Walls.

– Merci !

Le mur du fond est rempli d'une série de photos noir et blanc artistiquement présentées. Les Vandenberg au Disney World, Miles et Tommy portant des casquettes de base-ball Pluto. Miles et sa maman le jour de la remise des diplômes dans notre collège. Miles et Tommy en train de faire un bonhomme de neige, eux-mêmes en parkas telle-ment épaisses qu'on les reconnaît à peine. J'apparais même sur un cliché avec Miles, en train de courir dans le jardin au crépuscule, en nous tenant par nos mains potelées d'enfants, ma robe d'été enroulée autour de mes genoux.

Une chance que Miles s'occupe de ses télécom-mandes, ainsi, il ne m'a pas vue en train d'examiner cette photo.

– Alors, quand est-ce que vous avez refait ce sous-sol ?

– Ça fait deux ans, à peu près, dit-il en se laissant tomber dans le canapé d'angle. Après la mort de Tommy, ma mère s'est lancée dans une sorte de remise à neuf immédiate de la maison tout entière. Franchement, ça m'étonne que mon père ne lui ait pas encore érigé une statue en bronze ici.

Alors que je m'apprêtais à répondre, je préfère finalement ne rien dire et m'installe non loin de lui, juste séparée par quelques coussins, ôte mes tongs et glisse mes pieds nus sous moi.

– C'est bien d'avoir des projets.

– N'est-ce pas ? Attends, je ne me plains pas. Je risque d'habiter ici jusqu'à mes quarante ans, alors j'apprécie ce confort.

– Hé, reprends-toi ! dis-je en lui lançant une pâte de fruit. Tu ne vas pas faire ça. Tu pourrais sans doute obtenir un job de programmateur en deux secondes si tu voulais…

Il ouvre l'emballage en aluminium avec sa bouche.

– En fait, j'ai déjà une proposition, avoue-t-il.

– Sérieux ? Où ça ?

– Dans une compagnie d'assurances de Detroit. Pas très excitant, mais ça paie bien. Maman voudrait que je fasse d'abord un ou deux ans de fac.

– Et toi, qu'est-ce que tu veux ?

– Franchement ?

Quelque part, je suis étonnée qu'il s'apprête à me dire la vérité.

– Franchement.

– J'espérais plus ou moins me faire recruter.

Je ne peux m'empêcher de lui sourire :

– Où ça ? Dans une équipe de foot ?

– Trop marrante. Non. Tu as déjà entendu parler des white hats ?

Je fais non de la tête.

– C'est un groupe de hackers qui s'insèrent dans les réseaux des entreprises pour en repérer les lacunes. Avec leur autorisation, bien sûr. Rien d'illégal.

– C'est un boulot, ça ? dis-je en m'adossant aux coussins. Je veux dire, il y a de l'argent à gagner ?

– Des tonnes, assure-t-il en attaquant le sac de crackers. Enfin, techniquement, il y en a davantage dans le vrai piratage mais, là, ça supposerait des risques de prison. Radware organise une grande compétition tous les ans. J'économise pour y participer l'été prochain. C'est chaque fois dans un pays différent à travers le monde. Chili, Allemagne, France…

Son attitude a changé, il n'essaie même pas de masquer l'enthousiasme dans sa voix.

– Ouah ! dis-je, impressionnée.

La dernière fois que je l'ai entendu parler avec une telle excitation, ce devait être au collège, à propos de ses cours sur la Seconde Guerre mondiale.

– Trop cool, Miles ! Je ne savais pas que tu avais de ces… objectifs.

– Merci. Tu sais, j'ai aussi des espoirs et des rêves.

– Tu m'impressionnes.

Je plaisante mais, pour une fois, il ne joue pas le jeu.

– Je te jure, dit-il en avalant d'autres crackers. Parfois on dirait que personne ne me croit capable de faire autre chose que des sandwiches et de jouer à des jeux vidéo.

– Attends.

Je repense à ce qu'il a dit tout à l'heure à propos de la statue de bronze de son frère et lui donne un léger coup de pied dans la cuisse.

– Je ne pense pas ça.

– Ah bon ? demande-t-il d'un ton de défi avant de me saisir la cheville. Alors, tu penses quoi ?

Interdite, je m'immobilise un quart de seconde tant il me serre la jambe.

– Quoi ? À propos de toi ?

– Oui.

– Je… je ne sais pas.

D'un seul coup, c'est comme si les règles de cette conversation – de notre *relation* tout entière – avaient complètement changé.

– Aucune idée, dis-je encore en regardant autour de moi.

Je finis par m'arrêter sur les anciennes figurines *Star Wars* de Tommy exposées dans un casier en plexiglas. Des Kenner originaux de 1977. Je le sais parce que Jackson voulait jouer avec et que Miles refusait toujours.

– Tu les as encore ?

Miles émet une sorte de grognement animal. Je suis persuadée qu'il va se moquer de moi, pourtant, il ne fait que me lâcher la cheville comme si de rien n'était.

– Ouais, dit-il, l'air décontracté. Mais Barkley a mangé Obi-Wan il y a un an ou deux. C'est le seul qui manque. Un de ces jours, il faudra que je le remplace.

Il récupère la télécommande pour allumer Netflix.

– Bon, demande-t-il en désignant le mur écran. Tu veux regarder cette idiotie ou quoi ?

– Ça n'a rien d'idiot.

Sur le coup, j'ai presque envie de lui balancer un coup de pied pour voir sa réaction.

La série commence, mais j'ai du mal à me concentrer : d'abord, elle est effectivement un peu idiote, même si j'estime qu'il est important d'avoir des héroïnes féministes.

Ensuite, je vois que Miles ne s'y intéresse pas du tout.

On ne relève ni l'un ni l'autre cette façon qu'on a de se rapprocher sur le canapé ; à plusieurs reprises, je capte son regard du coin de l'œil. La peau de ma cheville me brûle encore là où il l'a touchée, comme un fer rouge.

Je fais mine de m'occuper en dépiautant un bâtonnet de fromage lorsque Miles pose un bras derrière sa tête et se laisse tomber sur les coussins, son tee-shirt légèrement remonté. Il s'est passé la même chose quand il s'est glissé sous le char à glaces l'autre jour, sauf que là, je me rends totalement compte qu'on est seuls dans ce sous-sol obscur ; à la seule lumière de l'écran, je contemple ce morceau de chair révélé là où son jean descend bas sur ses hanches.

Abdos célestes, seize lettres, trois mots. Commençant par un « C ».

Ceinture d'Apollon.

Houlà ! Qu'est-ce qui me prend ? Avant-hier soir, je flirtais avec Clayton Carville à l'avant de son

4 × 4, et là… j'avale le reste du fromage, le fais passer avec une gorgée de thé froid.

– Qu'est-ce qui s'est passé ? demande-t-il alors que je dépose ma tasse sur la table basse.

– Hein ?

Je cligne des yeux. Ce sont ses premiers mots depuis un épisode et demi.

– Quoi ?

– Sur ton bras.

D'un doigt, il trace l'égratignure que je me suis faite à la fenêtre de mes parents, cet après-midi, si doucement que c'est comme s'il ne me touchait pas.

Sans le vouloir, je reporte mon attention sur ses lèvres, puis de nouveau sur son doigt.

– Oh, dis-je d'une voix cassée. Euh… Un accident, en lavant les carreaux.

Il me dévisage encore un instant, en se mordant les lèvres.

– Concentre-toi sur ta série idiote, conclut-il.

CHAPITRE 13

Deux soirs plus tard, je croise Carrie chez Moxie's dans la file d'attente qui s'étire tout le long du trottoir. C'est un glacier à l'ancienne, très connu en ville, avec ses fausses lampes Tiffany au-dessus de chaque table et ses murs décorés de toutes sortes de souvenirs d'époque : vieilles plaques métalliques, nombreux filets de pêche ainsi qu'une barque grandeur nature suspendue au plafond. Il y a même, dans un coin, une cabine téléphonique en bois, du genre de celle où j'aimais me cacher quand j'étais petite. À présent, se prendre en photo en train de s'embrasser à l'intérieur est devenu un rite de passage pour les couples, et ça porte le hashtag de *#MoxiesOfficiel*.

Pour autant que je sache.

Ce soir, les banquettes de cuir sont remplies de familles en train de se gaver de banana splits. Je compte au moins trois coupes géantes, chacune remplie de litres de glace et gratuite si on arrive à l'avaler d'une traite. Avec Carrie on se faufile à travers la foule, armées de nos cornets, pour regagner la jetée afin de trouver un banc libre face à l'eau.

Une chose que j'ai toujours aimée chez Carrie, quand on était petites, c'était de me sentir aussi à l'aise avec elle et, ce soir, je l'écoute vaillamment critiquer ces cinglés de touristes qui passent leur été dans la galerie à la recherche de souvenirs.

Elle évoque aussi Salvador Dalí, le dernier chat recueilli par son père, ce qui amène à trois la population féline de leur maison, et ceux-ci portent tous un nom d'un célèbre artiste du dadaïsme.

– Je ne sais pas trop comment ça va tourner quand je ne serai plus là, ajoute-t-elle en léchant une goutte de menthe fondue sur sa main.

– Ça t'inquiète ? Tu as peur de rentrer à Noël et de te retrouver dans l'antre de la vieille dame qui vit parmi ses chats ?

– Exactement. Mes parents forment un couple homo mixte et leurs chats sont leurs enfants.

Elle fait la grimace en étirant ses longues jambes devant elle.

– Sinon, ajoute-t-elle, pour parler d'autre chose, comment ça se passe avec tes nouvelles expériences de l'été ?

– Je ne sais pas, dis-je en riant.

Je songe à Clayton qui a disparu de ma vie aussi vite et définitivement qu'il y était entré, aux doigts de Miles parcourant doucement la peau déchirée de mon bras.

– Plutôt déroutant.

– Côté sexy ? insiste-t-elle en haussant les sourcils.

– Plutôt côté gênant.

– Bon, c'est le prix à payer quand on débarque dans le monde, non ?

– Pour moi, sans doute.

– Pour tout le monde.

– Attends, pas toi !

– Tu crois ça ? Tu te crois différente parce que tu t'es ridiculisée devant un beau mec ? Chez les parents d'Adam, je me suis littéralement pris les pieds dans le tapis devant lui, l'autre soir, avant de dégringoler dans l'escalier.

Là, j'éclate carrément de rire.

– Quoi ? Arrête ! Tu n'as rien ?

– Non, c'est juste mon amour-propre qui en a pris un coup.

– Et après ?

– On a bien rigolé. Et on s'est embrassés pendant un moment.

– Bravo, bien joué ! dis-je en la saluant avec mon milkshake.

– Merci.

On regarde un moment le paysage sans rien dire en écoutant les mouvements de l'eau sur le rivage.

– Je ne sais pas, dis-je alors… Ça semble toujours tellement plus facile pour les autres, tu sais ? De… comment tu dis ? De débarquer dans le monde ?

Pour quelqu'un comme... Bethany, par exemple, on a l'impression que ça ne lui pose pas de problème.

J'essaie de faire comme si le nom de Bethany m'était venu à la tête par hasard, pas comme celui de ma plus grande rivale romantique dans l'opéra tragique que je compose dans ma tête depuis quelques jours, mais Carrie ne gobe pas.

– Houlà ! lance-t-elle sèchement. Ça, c'est parce que tu ne vois Bethany qu'à travers ton prisme, et que tu scrutes tous les jours son Insta...

Elle me vexe. Tout le monde me prend pour une sale tarée ou quoi ?

– Qui a dit que je scrutais son Instagram ?

– Moi. Parce que je te connais. L'existence de Bethany n'a rien de parfait. Elle a des problèmes, comme tout le monde. Comme la fois où quelqu'un lui a collé une serviette hygiénique – format « nuit » qui plus est – dans le dos pendant les vacances. T'es pas au courant ?

– Quoi ? dis-je horrifiée. Non !

– Ben voyons ! C'est juste parce qu'elle n'en a pas parlé sur les réseaux sociaux.

À vrai dire, cette nouvelle me fait un peu plaisir, car, apparemment, je suis un horrible monstre. Mais je comprends où Carrie veut en venir. Je n'ai pas juste manqué bon nombre d'expériences, ces dernières années, en refusant de me mêler aux autres. Mais aussi de relations. Je n'ai jamais vu en Bethany, Clayton et même Miles que les personnages d'histoires que je me racontais pour éviter de me sentir trop seule.

– Je peux te poser une question ? dis-je en promenant un ongle sur le rebord de mon gobelet en papier. Tant qu'on parle de Bethany…

– Ils ont rompu, lâche Carrie d'un ton indiquant qu'elle me l'a déjà dit.

– D'accord mais… tu es sûre ?

Là, je lui explique que Miles a vu la voiture de Clayton devant chez elle l'autre soir, tout en évitant d'aborder la partie la plus humiliante de notre dispute devant le Ciné-dollars.

– Enfin, ça ne doit plus faire trop de différence à ce niveau. Mais j'aimerais bien le savoir.

– Franchement, dit-elle en grignotant son cornet, s'ils se sont remis ensemble, je risque de ne pas être la première personne à qui elle en parlera.

– C'est vrai ? Tu m'étonnes. Je croyais que c'était ta meilleure amie. C'est ce qu'elle disait sur Snap la dernière fois.

– Peut-être. Mais les choses ont un peu changé entre nous, ces derniers temps.

– Comment ça ?

– Je ne sais pas. On ne s'est pas disputées ni rien. Seulement… d'un seul coup, on n'est plus aussi proches qu'avant.

– Ça craint. Trop dur de couper les ponts avec quelqu'un comme elle.

– Ouais. Comme tu dis.

– Écoute…

Je soupire parce qu'il va bien falloir que l'une de nous aborde le sujet, tôt ou tard.

– Je suis contente qu'on se revoie, ces derniers temps. Et on n'a pas besoin de trop en parler si ça t'embête. Mais qu'est-ce qu'on a pu faire, Ruoxi et moi, pour que tu ne veuilles plus nous voir ?

– Attends, dit-elle en plissant ses yeux noirs. Quoi ?

– Ça remonte à longtemps. Mais je me posais juste la question.

Elle me dévisage comme si je divaguais.

– Parce que tu crois que c'est moi qui vous ai lâchées ?

– Oui ?

– Rachel, vous ne vouliez plus entendre parler de moi.

– Quoi ? C'est complètement faux !

– C'est vrai ! Vous vous preniez pour des génies, des surdouées – et tant mieux pour vous, je n'irai jamais vous reprocher votre fichue cervelle. Sauf que vous aviez l'air de vous ennuyer avec moi.

– Hein ? Non ! Ça ne s'est pas passé comme ça !

– Mais si. Tu te rappelles ce programme d'été en sixième à Hope College ? Ou le groupe de débat ? Ou les tournois de Quiz Bowl en cinquième ?

– Oui, bien sûr…

– Vous ne m'y avez jamais invitée.

– Je…

Oh.

Je me reporte à la fin du collège pour me rendre compte, non sans une certaine honte, que Carrie dit vrai : la plupart du temps, il n'y avait que Ruoxi et moi. On s'installait au fond du monospace de sa famille et on partait pour le Quiz Bowl à Grand Rapids. Ou alors quand on se couchait trop tard dans le dortoir du programme d'été à Hope College. Et mon père qui venait me chercher chez Ruoxi après une soirée d'entraînement du groupe de débat.

– Je ne… enfin, tu n'as jamais rien dit.

– Qu'est-ce que tu voulais que je dise ? Hé, les filles, ne me lâchez pas juste parce que vous me prenez pour une abrutie…

– Tu n'es pas une abrutie.

– Je le sais bien ! s'esclaffe-t-elle. Mais pas non plus, désolée, une super geek. Enfin, ça ne veut pas dire que je ne voulais pas être avec vous, ou, plutôt, que vous ne vouliez pas de moi.

– On te voulait avec nous ! On passait notre temps à chercher pourquoi tu ne voulais plus nous voir. Ruoxi avait imaginé toute une théorie du complot. Et là, tu es devenue amie avec Bethany et Tricia, alors on a pensé qu'on n'était pas assez populaires pour toi.

– Je te jure que ce n'était pas ça. En plus, elles ne sont ni très cool ni très populaires. Elles sont juste normales, une fois qu'on les connaît.

– C'est le genre de chose que disent les gens cool et populaires.

– Peut-être, je ne sais pas. Ça n'a plus d'importance. Maintenant, on s'éparpille toutes dans un million de directions et peu importe à quoi on ressemblait au lycée. Aujourd'hui, on est juste devenues… qui on est vraiment.

Je repense à ce qu'a dit Clayton l'autre jour, quand il se sentait obligé de rester le Footeux même à l'université.

– J'espère bien, dis-je. Ça me va.

Durant le silence qui suit, je termine mon milkshake et dépose mon gobelet au bord de l'allée, à mes pieds.

– Au fait, dit doucement Carrie. Je suis contente qu'on se revoie.

– Désolée de t'avoir laissée tomber, dis-je la gorge sèche. Et d'avoir perdu tellement de temps.

– Oui, moi aussi.

Elle s'éclaircit la gorge, comme si elle éprouvait les mêmes sensations que moi. C'est dur d'être une personne dans ce monde.

– À propos, dit-elle alors qu'on reprend notre marche, qu'est-ce que tu fais vendredi ? Adam organise une soirée, si tu veux venir…

– Tu sais que j'ai déjà rayé les soirées de mon emploi du temps ? Je risque de ne plus y avoir droit de tout l'été.

– Attends, je suis certaine que ça ne marche pas comme ça ! On va s'amuser. Et puis, il n'a pas de piscine, tu ne risques rien.

– Peut-être… dis-je quand on se sépare. On verra.

– Je ne sais pas, Rachel. Pour moi, ça sonne comme un oui.

CHAPITRE 14

Le jour suivant est glacial – du moins pour un mois de juillet – et, à part deux personnes en train de courir, la plage est déserte.

– Tu te rends compte que les diagrammes de Venn des gens qui courent par ce temps et de ceux qui peuvent avoir l'envie soudaine d'acheter une glace forment deux cercles complètement séparés, annonce Miles en contemplant les nuages menaçants. On ne devrait pas s'en aller ?

– Et rentrer faire l'inventaire dans le restaurant au milieu de tout le monde ?

– Bien vu.

En même temps, Miles n'a pas tort : le client de base du char à glaces est entièrement dépendant de la météo, ce qui, malgré mes tendances maniaques à vouloir tout contrôler, demeure totalement en dehors de ma sphère d'influence. On n'a pas vendu une seule Gondola de la journée.

– On pourrait aller ailleurs, peut-être ? La salle de jeux ?

glisser dessous. Je lève les yeux au ciel, attrape une serviette en papier.

– Bravo ! Et merci !

– De rien. Tu en as laissé un peu.

Sans hésitation, il me passe un doigt sur le cou, le glisse légèrement derrière le col.

Ça fait beaucoup, la fraîcheur de la glace et la légère pression de ses doigts sur ma gorge. J'éternue sans le vouloir, pas très fort, mais Miles recule aussitôt.

– Désolé. Ce n'était pas pour te peloter.

– Ah bon ? dis-je d'un ton moqueur. Parce que si c'était ça, je l'aurais su tout de suite ?

– Exactement.

Il toussote, se retourne vers la glacière vide. Je vois alors ses oreilles rosées. Il est gêné. Miles Vandenberg, le prince du sous-entendu, le premier à m'avoir balancé des phrases à double sens, est gêné. Plus que jamais, je me sens major de promo.

– C'est bon, vieux pervers ! Je vois ça.

En fait, il est trop mignon avec ses cheveux dans tous les sens, sa dent de travers et ses épais sourcils, jusqu'à la cicatrice sur son menton, résultat d'une attaque à la télécommande de Tommy quand il avait cinq ans.

Il me jette un regard par-dessus son épaule, l'air d'enfin comprendre que je ne me sens pas attaquée du tout.

– Oh, et c'est moi le pervers !

– Comme toujours, oui.

– Je m'en souviendrai.

– Très bien.

– Promis.

Il secoue la tête en souriant et on poursuit notre travail en silence, essuyant les comptoirs avant de tout ranger dans le camion. Quand on grimpe à l'avant, je ne peux m'empêcher de demander :

– Qu'est-ce que tu fais, ce soir ?

Je n'ai pas envie que ma journée s'arrête là.

– La vache ! maugrée-t-il en frappant la tête contre son siège. Merci, j'avais complètement oublié. J'ai un truc à faire.

– Le grand mystère, dis-je en plaisantant.

– Non… pas vraiment. C'est pour ma mère. Sa soirée Dîner à la ronde.

– Dîner à la ronde ?

– Oui, un truc avec sa Société d'Histoire…

Je me représente la scène : un groupe de femmes d'un certain âge qui paient un tas d'argent pour se balader de maison en maison en mangeant des amuse-gueules et en buvant du vin blanc dans des coupes en carton.

– Nonna l'a fait l'année dernière, mais elle a trouvé qu'on ne servait pas assez d'alcool pour l'argent dépensé.

– Elle a raison. Ma mère s'y est vraiment mise après la mort de mon frère, et c'est elle qui organise cette année. Alors je lui ai promis de l'aider un peu.

– Trop gentil.

– Oui, je suis un amour.

– Ah ah ! Et qu'est-ce que tu vas devoir faire ? Servir des mini-quiches pendant trois heures ?

– Pire que ça.

– Quoi ?

L'air effondré, il secoue la tête, ferme les yeux, les rouvre.

– Au fait, dit-il en me jetant un regard interrogateur, tu ne voudrais pas venir voir ça ?

CHAPITRE 15

– Tu sais, dis-je à Miles deux heures plus tard, quand tu m'as raconté que tu allais aider ta mère, je n'ai pas vraiment vu les choses comme ça.

Chacun dans une alcôve de la salle d'archives de la Société d'Histoire, on enfile des costumes d'époque qui sentent le renfermé. Apparemment, je dois jouer les jeunes filles délurées en robe noire à franges et bandeau à plumes. Je me demande quel genre de fringues doit enfiler Miles.

– Tu comptes vraiment sur ces mini-quiches, hein ?

J'ai l'estomac qui gargouille ; aucun de nous n'a rien mangé depuis qu'on a rechargé le char à glaces, ce matin.

– Oui. En même temps, je croyais qu'on n'aurait qu'à rester quelque part dans un coin pour tendre des cartes aux invités et leur indiquer les maisons dans lesquelles ils peuvent entrer.

– Je vois déjà quelqu'un entrer par erreur dans le jardin de Madame Sheffield en espérant être accueilli avec un verre.

– Elle doit prévoir de passer la soirée sur sa terrasse, un fusil sur les genoux, en criant aux gens de ne pas approcher.

– C'est comme ça qu'elle passe toutes ses soirées, rétorque Miles. Tu es prête ?

– Je crois.

J'enfile le bandeau, puis récupère mes vêtements pour les jeter dans un sac avant de quitter mon alcôve.

Miles me dévisage des pieds à la tête et je m'attends à un commentaire grivois, mais il se contente de hocher la tête.

– Pas mal.

– Merci.

Lui-même porte un borsalino style années 1920, entouré d'un bandeau noir, une chemise boutonnée jusqu'au cou et un pantalon.

– C'est pas juste. Comment tu fais pour avoir l'air si naturel ?

– Tiens, dit-il en soulevant le bras pour révéler un étui de revolver style gangster. Je ne quitte jamais la maison sans arme.

Je penche la tête de côté, l'air d'apprécier.

– Tu me rappelles à quoi on joue, en vrai ?

– Je te l'ai déjà dit, répond-il patiemment. C'est nous les hôtes.

– Les hôtes de *quoi*, au juste ?

On frappe à la porte et la maman de Miles passe une tête.

– Prêt, Capone ? Oh, Rachel, la vraie Daisy Buchanan !

– Et lui, Al Capone ? dis-je, surprise.

– Oui, Miles ne t'a pas expliqué ? Cette année, le thème ce sont les Années folles. Il y a trois sites dans cette ville et le manoir de Fet en est la dernière étape ; jazz dans le jardin, cocktails et visite du manoir. Je dois dire que c'est un événement très apprécié.

Elle décoche un clin d'œil à Miles qui répond d'un grognement exagéré.

– Capone et ses sbires descendaient au manoir de Felt, explique-t-il. D'où ma tenue. Encore que je sois dix fois mieux que lui.

– Absolument ! renchérit-on en chœur, sa mère et moi.

– Très bien, dit Julie en lui ajustant sa cravate. Il faut que vous arriviez au Felt pour dix-sept heures trente au plus tard, d'accord ? Demandez Donna et elle vous dira ce qu'il faut faire et où aller. Les cars amènent les invités vers dix-huit heures, alors filez, maintenant. Et amusez-vous bien !

***

– Très bien ! s'écrie Donna en levant la tête de son bloc-notes quand on arrive au manoir.

C'est une femme corpulente d'une cinquantaine d'années, en tailleur aubergine. Apparemment, elle n'en est pas à son premier Dîner à la ronde.

– Voici notre star de la soirée. Vous connaissez votre texte ?

Star ? Texte ? Je fais volte-face vers Miles.

– Prêt ! assure-t-il en évitant soigneusement mon regard.

J'ai envie de l'envoyer promener pour ne m'avoir rien dit de tout ça mais, déjà, Donna me prend par le bras et nous conduit à l'autre bout de l'entrée où attendent d'autres garçons et filles habillés à peu près comme nous.

– Vous allez distribuer ces brochures de soutien pour la Société d'Histoire ou, si vous avez l'âge, aider le personnel de restauration avec les plateaux à boisson.

– Pas une mini-quiche en vue, marmonne Miles. Tu es sûre de vouloir rester ?

– Tu rigoles ? Tu as un *texte*.

– Miles ? demande Donna. J'ai besoin de vous. Tout de suite.

– Elle a besoin de moi, souffle-t-il, l'air malicieux, en me caressant le menton à la mode gangster. Sois sage, poupée.

J'attrape un tas de brochures sur la table ; ça me rappelle celles que l'employé du centre d'immigration du Canada nous a tendues, à Clayton et moi, et cette idée me serre le cœur. Puis je rejoins les autres filles qui n'ont pas toutes l'air de prima donna, et on va se mettre en place pour accueillir les visiteurs. À l'autre bout de la salle, j'aperçois Miles en train d'écouter les instructions de Donna, hochant la tête d'un air attentif. Je n'arrive pas à croire qu'il se livre volontairement à ce genre d'exercice.

Et qu'il me laisse y *assister*.

À l'arrivée du premier car, le trio de jazz se met à jouer. Je repère Miles dans le patio, adossé au mur, l'air renfrogné, et je commence à me demander pourquoi lorsque je m'avise que c'est tout lui. Alors, je comprends exactement pourquoi sa mère lui a conseillé avec vigueur de faire ça. C'est… tellement lui. Il capte mon regard et cache un sourire derrière sa main.

À ce moment, la voix de Donna retentit dans un haut-parleur :

– Mesdames et Messieurs, j'ai l'honneur de vous accueillir ce soir au manoir de Felt.

Elle se tient sur une petite scène, vêtue maintenant à la garçonne dans un costume autrement plus élégant que les nôtres. Elle porte également une tonne de maquillage.

– Comme vous le savez, le manoir de Felt a été bâti en 1928 par le millionnaire parti de rien, Dorr Felt, et sa femme Agnes, qui…

– Ouais, ouais, arrête de jacasser ! lance la voix de Miles dans le micro.

Donna prend un air agacé et je me demande s'il a fait exprès de l'interrompre avant de me rendre compte que *oui*.

Du pur Miles.

Je souris en le voyant arriver d'un pas décontracté, sauter sur la scène, puis écarter Donna avant de se mettre à parler de son gang de bootleggers qui ont passé tellement de temps dans ce « patelin ».

– Nous apprécions cette hospitalité. Ce temps. Et, bien sûr, ces dames.

Remuant les sourcils, il jette un coup d'œil dans ma direction.

Là, je suis complètement perdue, si bien que je capte à peine la suite de son monologue sur sa communauté durant les années 1920 et du bon temps qu'elle y a vécu.

– À présent, profitez bien de votre soirée. Et puis-je vous recommander le gin-fizz ? Il est délicieux !

Il me rejoint après avoir accepté quelques compliments de femmes âgées habillées de la tête aux pieds en robes à motifs.

– Sacrée performance !

– Merci, sourit-il. Quand maman m'a dit que je serais Scarface, j'ai cru qu'il y aurait davantage de fausses mitraillettes. Ou au moins du gin clandestin.

Il lève le verre de Coca que quelqu'un lui a tendu, essuie la ligne noire sur sa joue.

– Au moins, la cicatrice est fausse.

– N'empêche…

J'éprouve la même impression qu'il m'a donnée en disant qu'il voyait un thérapeute, comme s'il existait une autre version de lui qu'il me révélait soudain.

– Cool d'avoir fait ça pour ta maman.

– Ouais, ouais, lâche-t-il en faisant signe à un serveur portant un plateau sur l'épaule.

– Des mini-quiches ! croasse-t-il triomphalement. C'est parti !

***

Je reste encore une petite heure au manoir de Felt avec Miles, me servant aussi discrètement que possible au plateau des amuse-gueules, en essayant de ne pas trop sourire devant toutes les dames de l'âge de ma mère qui lui font de l'œil.

Je ne peux m'empêcher de le taquiner alors qu'on se dirige vers le parking :

– Qui aurait cru que tu serais si populaire parmi les plus de quarante ans ?

– Moi je le savais. Les cougars m'aiment bien.

Ça me met hors de moi :

– Ne dis pas ça !

On entre dans sa modeste Civic noire qui appartenait à Tommy et qui porte toujours son vieil autocollant Iron & Wine sur la boîte à gants. Miles mourrait de honte si quelqu'un pouvait croire qu'il écoute toujours ce chanteur folk.

– C'est quoi le problème avec « cougar » ?

– C'est malpoli.

– C'est toi, la malpolie.

– Et toi le sale gosse.

Il maugrée entre ses dents en baissant les vitres, puis sort du parking. Par cette nuit tiède et humide, l'odeur saumâtre du lac reste à peine perceptible. D'un seul coup, je me rends compte qu'elle va me manquer après mon départ dans quelques semaines.

– Tu veux rentrer chez toi ? demande-t-il.

J'ai prévenu mes parents pour le Dîner à la ronde quand on leur a rapporté le char à glaces et, apparemment, j'ai bien fait de mentionner la Société d'Histoire, car ils ont dû l'associer à une activité para-universitaire et ne m'ont pas donné d'heure à laquelle rentrer.

– J'ai un peu de temps devant moi. Tu as faim ?

Miles me jette un regard surpris :

– Assez, oui.

Toujours revêtus de nos tenues, on se dirige vers le Shak, un fast-food pas très loin de la jetée. Avant, ça s'appelait « Shake's » mais, les années passant, le « E » et l'apostrophe ont disparu et personne n'a songé à les remplacer. Miles ouvre la vieille porte d'entrée et je me glisse sous son bras.

Devant le comptoir, il passe sa commande à la Scarface :

– Deux numéro Un et un soda pour Madame, vite fait bien fait pour que tout le monde soit content.

Je ne peux m'empêcher de trouver ça charmant malgré l'air excédé du caissier.

– Tu te rends compte qu'il est peut-être en train de cracher dans ton plat en ce moment ? dis-je à Miles tandis qu'on s'installe à une table pour deux près de la fenêtre. Et peut-être aussi dans le mien.

– Ça fera des protéines, commente-t-il.

Il a repris sa propre allure, défaisant sa cravate et remontant ses bras de chemise. On est loin d'Al Capone.

– Où est-ce que tu as appris à faire tout ça ? dis-je en avalant une gorgée de Coca. Et quand ?

– Quoi ? À jouer les gangsters des années 1920 ? Je ne sais pas, au cinéma sans doute. Et j'ai fait du théâtre à l'école primaire.

– Ah bon ? Et tu n'as jamais eu envie d'en refaire ?

– Non, pas vraiment. Je dois en faire assez dans la vie de tous les jours.

– Tu joues un rôle, quoi ?

– Peut-être.

– Et, d'après toi, comment ça se passerait si tu arrêtais ? De jouer un rôle.

Je m'attends à une réponse arrogante, mais Miles semble plutôt y réfléchir.

– Franchement, Rachel, soupire-t-il en posant les mains sur la table ébréchée, je crois que je me ferais dévorer tout cru.

Je sens mon cœur se retourner.

– Miles…

C'est là que le serveur apporte nos burgers et on en hume l'odeur dans un silence complice, en nous passant le ketchup et la sauce Shak. J'ai envie de lui dire… quelque chose, mais je n'arrive pas trop à déterminer quoi.

Une fois qu'on a fini, on regagne le parking éclairé aux néons de la jetée en arrière-plan.

– On devrait peut-être les rapporter à la Société d'Histoire, suggère-t-il en désignant nos costumes. Tu sais, maintenant qu'ils sentent la friture et le désespoir.

– C'est ça !

À peine arrivés devant la Civic, je m'arrête net, m'adosse au capot et prends mon courage à deux mains :

– Écoute. Pour ton information. Si tu étais plus honnête avec les gens en ce qui concerne ta personnalité, ce que tu ressens – si tu arrêtais de mentir à tout bout de champ –, je ne crois pas que tu te ferais dévorer tout cru.

Il hausse les sourcils, se rapproche.

– Tu crois ça ? demande-t-il en mettant les mains dans ses poches.

– Oui. Je te trouve futé et parfois drôle et plutôt convenable, quand tu veux t'en donner la peine. Et je crois que les gens s'en aperçoivent.

– Parfois drôle… marmonne-t-il. Merci quand même !

– Tu peux la fermer une seconde ? J'essaie de te dire quelque chose de sympa, mais tu joues les débiles sans m'écouter.

Là, il me regarde… vraiment. Au point que je me rends compte de ma position : coincée contre la voiture sans plus pouvoir reculer.

– Je t'écoute, assure-t-il en se rapprochant. Juré.

– Bon, très bien.

– Très bien, répète-t-il. Je peux dire quelque chose maintenant ?

– Si tu y tiens…

– Je… Non, en fait, je n'ai rien à dire.

Alors que je laisse échapper un soupir irrité, il pose les mains sur mon visage et puis m'embrasse.

Je dois dire d'abord qu'il s'y prend mieux que Clayton, et c'est choquant parce que 1. j'aurais parié une fortune que Clayton avait embrassé davantage de filles que Miles, donc, soit j'ai tort, soit Miles est un homme à femmes qui se cache – à moins qu'il ne soit naturellement doué, 2. comment puis-je me retrouver d'un seul coup en position de comparer les techniques de deux garçons différents alors qu'il y a juste une semaine, toute l'étendue de mon expérience se résumait à Charlie Patterson et ses cartes Pokémon ? Je devrais envoyer un panier de fruits à Paula Prescott, en supposant qu'elle est toujours vivante.

Mais ce n'est pas le moment.

Sûrement pas.

Je suis trop occupée.

Miles garde une main sur mon visage, tout en m'ouvrant la bouche et en léchant ma lèvre inférieure. Je garde les bras le long du corps, jusqu'au moment où mes capacités motrices se raniment. Alors je l'étreins si fort qu'on se retrouve pressés l'un sur l'autre.

– Rachel, murmure-t-il dans un doux sourire sur ma bouche.

Au ton de sa voix, je le sens sur le point de lâcher une plaisanterie idiote qui va gâcher l'atmosphère et nous obliger à parler de ceci : ce que nous sommes en train de faire, ce que ça signifie. Exactement le genre de discussion qui m'intéresse en temps normal, avec n'importe qui d'autre, mais pas là, dans un parking, avec la personne que je connais le mieux, si bien que je secoue la tête :

– Pas maintenant, dis-je fermement.

Et je me hisse sur la pointe des pieds pour l'embrasser de nouveau.

CHAPITRE 16

Quelques jours plus tard, j'assure le service de la terrasse DiPasquale afin de remplacer la prochaine employée pendant sa formation sur le comportement pour la sécurité des aliments. Je tends à deux femmes un ticket avec leur numéro de commande puis leur annonce que celle-ci sera bientôt prête, après quoi j'attrape une bassine de vaisselle sale pour la rapporter à la cuisine. En train de préparer une Gondola poulet parmesan, Miles me décoche un clin d'œil.

Je lui tire la langue avant de remonter dans la salle, malgré l'émoi qui secoue tout mon corps. Impossible de ne pas songer sans cesse à notre baiser de l'autre soir, mais, par-dessus tout, au fait qu'on a recommencé deux fois depuis : le lendemain après-midi derrière le rideau en plastique qui sentait l'ail pendant que Michael Bolton couinait dans les haut-parleurs, puis hier, dans la cabine du camion, avant de rapporter le char à glaces, pour ne nous séparer que quand Miles s'est appuyé sans le faire exprès sur le klaxon.

C'est Miles. C'est Miles.

Et je ressens…

Quelque chose.

– Pardon ? lance une voix qui m'arrache à mes idées.

Levant la tête, j'aperçois Bethany Lewis, revêtue d'un short blanc immaculé et d'un de ces parfaits tee-shirts qui doivent coûter plus cher que la voiture de mes parents, ses cheveux retombant sur ses épaules en vagues parfaites.

– Salut ! lance-t-elle avec un sourire que j'attribuerais plutôt à une femme d'un certain âge demandant à parler au directeur. Rachel va bien ?

C'est tout juste si je parviens à ne pas lever les yeux au ciel tandis que mon mouvement de panique vire à l'exaspération. Pourquoi fait-elle comme si elle ne me connaissait pas ? On est dans la même école depuis l'âge de six ans. Elle me tend un piège ou quoi ? Elle va me faire une scène à propos de Clayton ? Elle veut me provoquer en duel ?

D'accord, je suis de nouveau au bord de la panique.

Je lui tends un menu en demandant ce qu'elle désire. Après une courte hésitation, elle finit par lâcher :

– En fait, je voudrais te parler une minute.

– À moi ?

Depuis le temps qu'on se connaît, on n'a littéralement jamais discuté ensemble et je n'ai aucune envie que ça commence.

– Euh, désolée. Je… travaille, j'ai plein de choses à faire.

Autour de nous, le restaurant est à peu près désert, ce qui ne me donne sûrement pas l'air surchargée.

– Écoute, réplique-t-elle avec une moue irritée, il y en a pour deux secondes, d'accord ?

J'hésite. Je suis sans doute une toute nouvelle Rachel grâce à Paula Prescott, invitée à des tas de soirées, mais là, j'ai quand même affaire à *Bethany Lewis*. Et les anciennes habitudes ne s'effacent pas d'un trait.

Aux manières déférentes. Onze lettres. S'achève par un « e ».

Obséquieuse.

– Bien sûr, dis-je malgré moi.

Et je défais mon tablier pour la suivre vers un box – celui-là même où elle s'était installée avec Clayton le jour où j'ai renversé du soda sur lui, et qui me paraît remonter à beaucoup plus loin que juste deux semaines. Je me demande si elle ne se croit pas carrément dans son propre box, si elle ne prend pas Clayton pour son Clayton, et ça me préoccupe tellement que je ne remarque qu'une fois assise le principal : Bethany Lewis n'a pas l'air très en forme. Les yeux cernés malgré son maquillage, les cheveux moins brillants que d'habitude. Et son tee-shirt de luxe a une petite trace de dentifrice sur le col.

C'est ce qui me gêne le plus et voilà que je me radoucis :

– Alors, qu'est-ce qui t'arrive ?

– Écoute, soupire-t-elle, premièrement, Clayton ne sait pas que je suis là.

Mon cœur se serre. Il s'agit donc bien de Clayton. Non pas que je me sois doutée d'autre chose mais, quelque part, je devais encore espérer qu'elle veuille devenir ma nouvelle meilleure amie.

– D'accord, dis-je en jouant avec un bout de papier.

– Deuxièmement, on n'est pas ensemble. Du tout.

Je relève vivement la tête.

– Pas du tout ?

Elle passe à la suite, sans chercher à cacher sa perplexité :

– Troisièmement, c'est à toi qu'il tient. Beaucoup. Et il m'a dit que tu avais pété les plombs en apprenant qu'il avait passé la nuit chez moi…

– Je n'ai pas pété les plombs, dis-je, humiliée.

Mince, il raconte ça aux gens ?

– On est sortis une fois ensemble, en tout et pour tout.

– Bon, peu importe, conclut-elle sans se démonter. Il a dit que tu étais furieuse et que vous ne vous étiez plus parlé depuis…

Elle s'interrompt, obligée de reprendre son calme :

– Clay est devenu un très bon ami et je ne veux pas lui gâcher la vie sous prétexte que la mienne tourne au désastre, alors même qu'il essaie de m'aider.

Je commence seulement à prendre conscience de ce qu'elle est en train de me raconter. *Clayton tient à toi. Beaucoup.* Ça compte encore plus, pour moi, que mon titre de major de promotion. Pourtant, je ne peux m'empêcher de repenser à notre dispute devant le cinéma, et à cette humiliation qui a brûlé en moi telle une torche.

– Bon, dis-je doucement. Mais je ne comprends pas. S'il m'aimait tant que ça, pourquoi il ne viendrait pas m'expliquer…

– C'est compliqué, coupe Bethany impatientée. Seulement ça ne signifie pas…

– Je peux te dire quelque chose ? J'en ai marre qu'on me raconte que les choses sont compliquées. Comme si je devais me mettre à la place de tout le monde. En fait, je ne vois pas pourquoi il ne peut pas juste avouer ce qu'il faisait là-bas et me faire confiance…

– Attends, Rachel, il y a des choses qui ne te regardent pas !

Levant les bras au ciel, elle se redresse sur son banc de vinyle ; je n'en reviens pas que cette fille impeccable réagisse avec une telle brutalité.

– Qu'est-ce que tu voudrais savoir ? continue-t-elle. Que mon père a trompé ma mère pendant onze ans et qu'il a fondé une autre famille dans le Minnesota et qu'on vient de l'apprendre et que Clayton rapplique parfois juste pour m'apporter des burgers et regarder un film à la télé et que ça m'empêche de complètement péter les plombs ? Tu te sens mieux maintenant ? Félicitations, ma vie n'est pas parfaite, quoi que tu en penses.

Je reste abasourdie, à l'écouter respirer. Elle semble prête à m'arracher les tripes et, en même temps, complètement horrifiée. Comme si elle s'était lâchée malgré elle, et je sais ainsi que c'est la pure vérité.

– Désolée. C'est affreux.

Bon, c'était à peu près la dernière chose à dire. Je ne suis pas idiote. Mais je n'ai aucune idée de ma réaction s'il se passait des histoires aussi compliquées dans ma famille.

– Oui, souffle-t-elle en prenant une serviette pour s'essuyer les yeux. Ce n'est pas génial, mais ça ne signifie pas que je veux laisser mon père briser la vie de Clayton juste parce qu'il ne peut pas la garder dans son pantalon. Enfin… mon père, pas Clay…

– J'ai bien compris.

Épuisée par cette séance d'adrénaline, je ne dis plus rien pendant un moment. Jusqu'au moment où une idée me vient.

– Carrie est au courant ? Pour ton père ?

Bethany me jette un regard de travers.

– Non, personne à part Clay. Et toi, maintenant. Et j'apprécierais vraiment que tu n'en parles à personne, d'accord ? Ce n'est pas vraiment le genre de chose que je voudrais diffuser sur Internet.

– Non, bien sûr !

Je repense à ce qu'a dit Carrie sur la jetée, affirmant que tout ce que je savais de Bethany se basait sur mes trouvailles dans les réseaux sociaux et les histoires soigneusement sélectionnées qu'elle choisissait de raconter au monde. D'un seul coup, bien des choses prennent un sens : Bethany et Clayton enfermés à la soirée de Spencer. Le tube de Pringles verts. L'abîme que Carrie a senti grandir entre elles, bien qu'elle n'ait pas trop su pourquoi.

Et je donne mon avis :

– Tu devrais quand même le lui dire. Pas pour te rassurer. Mais elle sait qu'il se passe quelque chose, et tu lui manques.

– Oui, soupire-t-elle, les yeux au plafond. Il y a beaucoup de choses que je devrais dire à beaucoup de gens. Sauf que je n'en ai jamais rien fait. Maintenant, ça vire au grand secret que je garde pour moi et tout le monde va… enfin…

Elle fait un geste vague de la main. Je ne la connais pas assez pour interpréter cette attitude, cependant j'insiste :

– Bon, je n'ai aucune idée de ce qu'on peut ressentir dans ta situation, mais c'est le cas de la plupart de tes amis. Et ils n'ont pas le droit de t'accuser d'avoir choisi… ça… même si tu croyais pouvoir le faire.

Elle hausse ses sourcils bien épilés.

– Tu crois ?

Je fais oui de la tête.

– Merci.

Dans un sourire, elle se lève pour quitter le box :

– Bon, je te laisse retourner à ton boulot. C'était… bizarre. Mais je suis contente qu'on ait pu parler.

– Oui, moi aussi.

Et c'est sincère, à ma grande surprise.

Alors que la clochette de la porte retentit à son départ, Miles sort de la cuisine, les yeux écarquillés.

– C'était Bethany Lewis ? Qu'est-ce qu'elle voulait ?

Je vois encore la serviette chiffonnée qu'elle a laissée sur la table, et je me sens plus perdue que jamais.

– C'est compliqué.

***

Après le travail, je m'installe sur la véranda pour envoyer un texto à Clayton.

Je crois que je te dois une excuse.

Je m'attends plus ou moins à ce qu'il m'ignore, mais il répond immédiatement :

Tu crois ? Ou tu sais ?

Mon cœur défaille à la vue de ses mots sur mon écran, comme s'il était là et qu'il m'avait parlé à haute voix.

Je sais. Bethany est venue me voir
au restaurant, aujourd'hui.

Ah.

Je me mordille l'ongle.

Bref. Je sais que j'y suis allée
un peu fort l'autre soir,
devant le cinéma. Tu dois me trouver
complètement tarée.

Il m'envoie un emoji sceptique, une main sur le menton.

Pas COMPLÈTEMENT.

Je pousse un cri, même si personne ne m'entend. Saleté !

Je rigole. Et je sais que j'ai dû
avoir l'air d'un total enfoiré quand
j'ai répondu « c'est compliqué ».
Je voulais juste dire que ce n'était pas
à moi de révéler quoi que ce soit.

Je comprends. Et je crois…
qu'on n'a pas vécu le lycée
de la même façon. Tu vois
ce que je veux dire ? Alors, quand
tu as commencé à tourner
autour de moi, l'air intéressé,
j'ai attendu la suite. Et là, en apprenant
que tu avais passé la nuit chez elle,
j'ai ressenti…

Bim !

Exactement… Pour être honnête, j'étais presque soulagée qu'il gâche tout aussi vite. Moi qui l'avais pris pour un être parfait sans doute incapable d'affronter la vraie vie… Quelque part, c'était un moyen de me protéger de ces arrière-pensées qui imaginaient le pire, car cela prouvait que je n'avais pas tort de me replier sur moi-même.

Bon. Je suis intéressé, comme
tu dis. Qu'est-ce que tu en penses ?
On reprend à zéro ?

Euh…

Je regarde par la fenêtre le ciel tranquille, tout le voisinage qui se prépare pour la soirée, l'arroseur rotatif qui asperge la pelouse d'en face, Jamie Oliver, le corgi, allongé sur le perron voisin.

On reprend à zéro ?

Je ne peux m'empêcher de penser à Miles dans sa tenue d'Al Capone, à sa surprenante douceur. J'étais prête à parier que je connaissais parfaitement Miles Vandenberg. Il semblerait que je me sois trompée, là aussi. Suis-je prête à tout lâcher avant d'avoir commencé ?

En même temps, c'est de *Clayton* qu'il s'agit, celui qui m'attire depuis toujours.

Clayton qui s'intéresse subitement à moi.

Je ne veux pas cesser de voir Miles.

Et je ne veux pas dire non à Clayton.

Pourrais-je leur dire oui… à tous les deux ?

D'accord, c'est dingue. Et puis je songe à Dr Paula, à *Une saison de oui !* Je pense à tous les mecs – ou plutôt les mecs *potentiels* – à qui j'ai dit non pendant des années. Et maintenant…

Au fond, c'était bien là l'objectif de cet été – dire oui aux expériences nouvelles, oui aux choses dont j'ai réellement envie.

Alors je me remets à taper, en étirant mes jambes devant moi et en respirant ce doux air d'été.

Pourquoi pas ?

CHAPITRE 17

Le lendemain, il fait un temps parfait pour aller à la plage. L'eau est calme, d'un beau bleu profond qui fait oublier qu'on se trouve devant un lac, non un océan ; à part quelques petits nuages, le ciel est dégagé, brillant. Je n'ai jamais été du genre à traîner sur le sable ou à surfer sur l'eau – chose que je croyais plutôt détester – mais, en travaillant avec Miles devant ce char à glaces, je sens la transpiration humidifier mon tee-shirt DiPasquale et je commence à changer d'avis.

La matinée a été plutôt occupée, quoiqu'ennuyeuse, avec tous ces touristes qui ne pigent pas vraiment ce qu'on vend et la machine à cartes de crédit qu'il faut chaque fois relancer. Je sens que Miles perd patience, tendu comme un ressort sur le point de craquer.

– Qu'est-ce que je vous sers ? demande-t-il, en se passant un bras sur l'épaule, à une fillette accompagnée de son papa.

Elle hésite, change trois fois d'avis avant de réclamer un esquimau Bob l'Éponge, genre de truc que nous refusons catégoriquement de distribuer. Miles fait craquer son cou à droite, puis à gauche, jusqu'à ce que la gamine finisse par opter pour une Gondola à 3,75 $. Généreusement, le père me tend quatre billets en me disant de garder la monnaie.

– Eh bé, merci Monsieur ! lâche Miles en tendant son gelato à la gamine. Un quart de dollar, rien que ça !

À quoi il ajoute un large sourire en se tournant vers moi. Le père nous jette un regard mauvais avant d'emmener sa fille.

– Tu pourrais te calmer ? dis-je alors à Miles. Oui, ce sont des emmerdeurs, mais tu n'as pas besoin d'en faire autant.

– Quoi ? rétorque-t-il en prenant sa bouteille d'eau. De toute façon, je ne les reverrai jamais. Qu'est-ce que ça peut faire ?

– Attends ! D'abord, tu portes un tee-shirt avec le nom de l'entreprise de mes parents. Ensuite, c'est sur le contrat social que se base notre civilisation, même si tu trouves ça idiot. Tu n'as pas été élevé dans une grange, que je sache ?

– Ouf ! s'écrie-t-il, l'air blessé. Pardon !

Je pousse un violent soupir tout en tendant la main pour qu'il me passe la bouteille. Je me demande si je ne me sens pas plus impatiente que d'habitude juste parce que Clayton vient de refaire surface, et ça me donne envie de me cacher.

Je lui donne un coup d'épaule :

– Pardon. Je suis un peu à cran ce matin.

– Houlà ! Je me demande ce qu'il faudrait faire pour arranger ça.

– Calme-toi, dis-je en frémissant.

Je lui désigne la jetée d'où arrivent deux gamins.

– Allez, on remet ça.

– On remet quoi, au juste ?

– Le service de la clientèle, pervers !

Je lui passe un doigt sur la ceinture :

– Qui sait ? Si tu es plus sympa, tu auras peut-être une récompense.

Cette fois, il s'en tire mieux avec les gosses, qui paient sans rechigner avant de mordre à pleines dents dans leur glace.

– Tu vois ? dis-je en lui balançant un coup de coude dans les côtes. Ça te vient naturellement.

– C'est ça !

En même temps, il m'attrape le doigt avec une grimace laissant entendre qu'il n'a pas oublié la récompense en question.

– Au fait, poursuit-il en s'adossant à la glacière, les chevilles croisées. Tu es prise, demain soir ? Tu veux qu'on fasse quelque chose ?

– Quoi ? Genre un rencard ?

– Oui, princesse. Ça te tente ?

Tout à fait, et je suis sur le point de lui répondre quand une pensée me revient.

– Ah non, je suis prise.

Ce qui est la pure vérité, mais je suis étonnée de m'en rendre compte. Paula serait fière de moi.

– J'ai dit à Carrie que je l'accompagnerais à une soirée. Tu peux venir, si tu veux ?

Il secoue instantanément la tête.

– Je ne sais pas si tu l'as remarqué depuis dix-huit ans qu'on se connaît, mais je ne suis pas trop du genre fêtard.

– Moi non plus, du moins jusqu'à cet été. Allez viens, on va s'amuser !

– C'est toi qui dis ça ! s'écrie-t-il, incrédule.

Impossible de déterminer s'il me trouve charmante ou non. D'habitude, ça me cassait les pieds quand on essayait de me convaincre de faire ce genre de chose – du moins avant Paula. Ça peut sembler un peu injuste d'infliger ça à Miles, comme si je changeais la règle du jeu.

En même temps, je m'aperçois non sans un petit choc que j'ai envie de me rendre à cette fête.

– Je vais y réfléchir, finit-il par répondre en se rapprochant d'un pas.

Je hume le parfum de son déodorant qui donne une petite note salée à sa peau. Mais je me hâte de répliquer :

– C'est ça.

Je m'apprête à lui offrir ma bouche lorsque mon téléphone vibre dans la poche arrière de mon short. Je le sors, regarde l'écran, m'apprête à le ranger avant de me rendre compte que le texto provient de Clayton.

Salut. Tu veux faire un truc ce soir ?

Oh là là !

Je regarde derrière moi Miles en train de servir des clients, me mords les lèvres. Mon pouce tape presque malgré moi :

Carrément. Super.

CHAPITRE 18

J'envoie un texto à Clayton pour vérifier si je vais encore avoir besoin de mon passeport, mais il s'avère qu'on va juste se balader sur la jetée même où j'ai passé le plus clair de mon été à travailler sur le char à glaces.

– Désolé si ça ne te semble pas super original, dit-il, l'air un peu gêné, alors qu'on passe devant chez Moxie's. Je me suis un peu trop éclaté à notre premier rendez-vous.

– C'était très sympa, dis-je en déglutissant alors qu'il me caresse les mains. Mais, là, c'est bien aussi

Je ne mens pas pour lui faire plaisir : j'ai pratiquement grandi là, passant mon temps à regarder dans les grosses jumelles et me nourrissant de hot-dogs, mais là, c'est différent avec Clayton – comme si les néons brillaient plus fort, comme si le ciel nocturne était juste un peu plus bleu.

– Bon, sourit-il.

Il porte son sweat Tottenham et semble plus bronzé que la dernière fois. J'ai essayé à peu près tous mes vêtements avant d'opter pour une sobre robe d'été et deux fins bracelets en or. Rien de super glamour, mais c'est ce que j'ai trouvé de plus élégant…

Avec Miles, j'ai eu l'impression de vivre un chapitre caché, follement excitant et nouveau, dans un livre pourtant déjà lu un million de fois. Cependant, la présence de Clayton me donne l'impression de découvrir la bibliothèque disparue d'Alexandrie.

On joue quelques parties de Skee-Ball dans la salle de jeux, on regarde quelques vitrines de souvenirs, puis on achète de quoi dîner dans un resto de falafels qui vient d'ouvrir, avant d'aller s'installer au bord de l'eau. Clayton sort une couverture de son sac à dos – bon, ce n'est pas une balade au Canada, mais il a bien préparé ce moment – et on s'étale sur le sable alors que le ciel vire du mauve au noir.

– Je devrais venir plus souvent ici, dit-il en s'appuyant sur ses coudes pour regarder la lune se lever à l'horizon. Tu sais, je crois que je n'ai mis les pieds sur cette plage que trois fois dans toute ma vie.

– C'est vrai ? C'est pas possible.

– Pas eu l'occasion. Mes parents visaient plutôt les vacances avec un grand V.

Ça me fait sourire tandis que j'ouvre ma pita.

– La vie est dure.

Il hausse les épaules, mais je vois que c'est sans grande conviction.

– Je ne me plains pas, précise-t-il. Enfin si, peut-être un peu. J'ai toujours pensé qu'ils pouvaient aussi bien se disputer à la maison, sans se payer des voyages de luxe pour ça.

– Ouille.

Je le contemple à la lueur du clair de lune et des néons de la jetée dans le lointain.

– Ils ne s'entendent pas, si je comprends bien ?

– Ils ne peuvent pas se saquer.

Que répondre à ça ?

– Je suis sûre que c'est faux.

– Qu'est-ce que tu en sais ?

– Je…

D'un seul coup me revient l'image de cette soirée à la pizzeria, l'année dernière, quand j'avais complètement oublié que sa famille venait car ils ne se comportaient pas comme des gens bien. Je repense à Bethany assise en face de moi, l'autre jour : *Ma vie n'est pas parfaite, quoi que tu en penses.*

– Tu as raison, dis-je alors spontanément. Je suis désolée. Je ne sais rien d'eux.

– Ce ne sont pas des monstres, corrige Clayton. Seulement… ils n'auraient pas dû se marier, voilà. Enfin, ce doit être en partie pour ça que Bethany croyait pouvoir me parler de son père…

Il s'accompagne d'un geste qui doit signifier quelque chose comme *double vie et deuxième famille.*

– Elle savait que je ne la jugerais pas, ajoute-t-il.

– Je peux te demander ce qui vous est arrivé, à toi et Bethany ?

Il réfléchit un instant avant de répondre :

– Ça n'allait plus entre nous depuis longtemps. À la fin, on s'est plus ou moins remis ensemble, parce que c'était ce que les gens attendaient, tu sais ? Et c'était plus facile que de se disputer sans cesse.

Haussant les épaules, il prend une tomate dans sa pita.

– Et puis je me suis tourné vers quelqu'un d'autre, et…

– Qui ?

Je l'ai carrément coupé, d'une voix si aiguë que ça me fait frémir. Impossible de surmonter ma jalousie. Je me doutais que les choses n'avaient pas été simples avec Bethany, mais pas de l'intervention d'une mystérieuse tierce partie.

Il lève un instant les yeux vers moi et c'est à peine si je capte son demi-sourire.

– Rachel, murmure-t-il d'un ton patient. Allez !

Il me faut un moment pour comprendre et là, je secoue fermement la tête :

– Sûrement pas ! Ce n'est pas parce que… enfin, pas de quoi tout bouleverser pour le peu qu'on a fait. Tu n'as pas rompu avec Bethany Lewis parce que tu voulais sortir avec moi. Tu ne m'avais même pas repérée jusqu'à mon discours de promo.

– Pas repérée ? s'esclaffe-t-il. Rachel, désolé de te dire ça mais… tu es très repérable.

– Ah bon ?

– Attends, tu as écrit mon nom entier au tableau à un cours de maths en seconde. Tu t'es glissée chez Moxie's pour commander une coupe géante avec ta jupe rentrée dans ta culotte. Et tu as failli provoquer une explosion chimique, au printemps dernier, quand tu nous as surpris, au labo, en plein flirt avec Bethany.

Maintenant, il sourit ouvertement.

– Et je ne t'aurais pas repérée ?

Je ne suis… pas du tout sous le charme.

– Houlà ! dis-je en me cachant le visage dans les mains. D'accord. C'était super mais, si tu veux bien m'excuser, il faut que j'aille maintenant me remplir les poches de pierres pour me noyer dans le lac.

Il essaie de me dégager, mais je résiste.

– Pourquoi ?

– Sérieux ? dis-je alors. C'est trop nul, tout ça.

– C'était charmant. Des épisodes que je n'oublierai pas. Écoute, je te mentirais si je disais que je ne me suis jamais rendu compte, depuis quatre ans, que tu avais un petit faible pour moi.

Ça devient trop humiliant ! Je proteste :

– Et alors ? Ça te plaisait de me plaire ?

– Assez. Mais bon… je ne sais pas. J'ai dû commencer à te regarder à mon tour. Et j'ai aimé ce que j'ai vu.

– Ah bon ? dis-je en lui jetant un coup d'œil entre mes doigts. À quel point ?

Il hausse les sourcils, l'air de dire : *Je vois bien que tu cherches un compliment, mais allons-y, pour une fois.*

– Déjà pour ta détermination. Tu savais exactement ce que tu voulais et tu ne reculais devant rien pour aller jusqu'au bout. Alors, l'idée d'être l'objet d'une telle énergie… c'est plutôt sexy.

– Terrifiant, tu veux dire.

– Ne détourne pas mes paroles.

D'un seul coup, je pense à Miles et ça me fait un petit électrochoc. Mais l'expression de Clayton me ramène vite à lui.

– Pas du tout, dis-je sincèrement.

Je n'ai pas besoin de plus d'une minute pour accepter cette idée que toutes les parties les plus compliquées de ma personne – ces mêmes qualités qui m'ont tant servi à l'école et dans ma vie privée – pourraient représenter les choses que Clayton préfère en moi.

– Bien, conclut-il.

J'ai presque l'impression qu'il va m'embrasser mais, à la place, il se remet à manger ses falafels en deux bouchées géantes qu'il avale à l'aide d'une grande gorgée de soda.

– Bon, reprend-il en se redressant sur la couverture, comment se passe ton « Été de tous les oui » ?

J'avais oublié que je lui en ai parlé, et je me concentre un peu.

– Je ne sais plus quel crétin m'a convaincue de faire un terrifiant saut à l'élastique, dis-je en terminant ma propre pita. Mais, à vrai dire… ça s'est plutôt bien passé.

Après le dîner, on retourne prendre un milkshake chez Moxie's et Clayton m'attrape la main pour traverser la jetée, comme si on avait fait ça toute notre vie.

– Tiens, souffle-t-il, il n'y a personne dans la cabine téléphonique.

– Ah bon ? dis-je en suivant son regard.

Il a raison, pour une fois, on n'y voit pas de gamins en train de jouer les couples imaginaires flirtant pour *#MoxiesOfficiel*.

– Non, reprend-il. Tu veux vérifier ?

Je hausse les sourcils.

– Désolée, dis-je en riant. Dans quel but, exactement ?

– Devine.

Là-dessus, il m'entraîne et ferme la porte derrière nous.

CHAPITRE 19

Le lendemain, je suis prête pour la fête d'Adam une bonne heure avant que Miles ne vienne me chercher. Mon corps est tendu comme les cordes du piano chez Ruoxi, au point que si quelqu'un me touchait, je pourrais émettre un son involontaire. Il faut que je rompe avec Miles – en retrouvant Clayton hier soir, ça m'a paru évident – même si cette seule idée me donne envie de partir pour Evanston dès aujourd'hui. Je lui dois la vérité et je vais la lui donner.

Il faut juste que je trouve le bon moment.

Je vais et viens dans la cuisine en attendant que mon téléphone se charge lorsque Jackson arrive d'un pas traînant. Il se laisse tomber sur une chaise, croise les bras.

– Ça va ? lui dis-je.

Il grogne une réponse inaudible.

– Donc… non ?

Celui qui a dit que les filles en rajoutaient dix fois plus que les garçons n'a jamais eu de frère de douze ans.

– Jacks, on peut jouer aux charades, ou alors tu me dis ce qui ne va pas.

Je consulte mon téléphone qui vient de s'allumer avec un texto de Carrie confirmant l'adresse d'Adam.

À toute. J'amène Miles – j'espère que ça te va ?

Trois petits points s'ensuivent, puis :

Sérieux ?

Je me dépêche d'ajouter :

C'est compliqué. Je ne sais pas comment m'expliquer ce qui se passe entre Clayton, Miles et moi…

Carrie m'envoie un emoji aux sourcils levés et le téléphone vibre, alors que Jackson annonce :

– C'est cette fille.

– D'accord, dis-je aussi calmement que possible. De l'école ?

Il hésite, puis hoche la tête.

– Et tu veux mon avis ?

Jamais vu ça. Sans préciser que je suis sans doute la dernière personne qui pourrait donner des conseils de rencontres. Je viens de me lancer il y a trente secondes et je suis déjà complètement dépassée.

– Bon, grogne-t-il, je vais pas demander à maman. Ou Nonna…

– Quoi Nonna ? lance celle-ci en entrant dans la cuisine, son canevas à la main.

Je ne peux m'empêcher de me demander si elle n'attendait pas tout ce temps dans le couloir, telle une actrice prête à faire son entrée.

Les joues de Jackson s'empourprent et il cogne sa tête contre le dossier de la chaise.

– Laisse tomber, marmonne-t-il. C'est rien.

– Non, non, non ! dis-je, trop contente de plonger dans un mélodrame qui n'ait rien à voir avec moi. On va t'aider.

Nonna se verse une tasse de café en nous regardant l'un après l'autre.

– L'aider à quoi ? demande-t-elle.

– Avec une fille, dis-je en haussant les sourcils.

À quoi elle répond de son large sourire.

– Houlà ! grogne Jackson. J'ai rien dit du tout.

Il se relève et s'enfuit en courant.

Sans insister, Nonna s'installe à table et se remet à sa broderie.

– Qu'est-ce qu'il a ? demande-t-elle.

– Sais pas. La puberté ?

– Bien vu ! s'esclaffe-t-elle. Et toi ? Tu as une sortie intéressante ce soir ?

– Oui, une fête. Avec Miles.

– Ah, Miles ! Vous passez beaucoup de temps ensemble, ces derniers temps.

– Oui. Mais on est juste amis.

– Et tu vois toujours ce jeune homme de ton lycée ? poursuit-elle en se remettant à broder. Celui avec qui tu es allée au Canada, le joueur de football ?

– Clayton ?

Je demande ça d'un ton neutre, comme si plusieurs personnes dans ma vie correspondaient à cette description.

– Oui, je l'ai vu hier soir.

Nonna grommelle sans quitter des yeux son canevas et ce simple grondement en dit davantage que Paula a pu en énoncer dans un livre entier.

Consciente de ce qui va s'ensuivre, je pousse un soupir.

– Nonna…

– Je n'ai rien dit, coupe-t-elle en levant la main. Et je préfère ne rien dire. Tu es jeune ! Je suis contente pour toi. Après tout ce temps, tu devrais sortir, t'amuser. Je veux juste m'assurer que tu resteras prudente, c'est tout.

Pas ravie du tour que prend la conversation, je me mordille l'ongle.

– Qu'est-ce qui t'inquiète ? dis-je d'un ton plus prétentieux que je ne l'aurais voulu. Que je me fasse une belle réputation ?

– Non, Patatina. Je ne me suis jamais préoccupée d'aucune réputation, ni la tienne ni la mienne. J'ai juste peur que tu ne souffres. Ou encore, que tu ne fasses souffrir quelqu'un sans le vouloir.

Quelque part je sais qu'elle a raison ; après tout, n'ai-je pas passé le plus clair de ma journée à me demander ce que j'allais dire à Miles ? En même temps, je ressens comme une injustice qu'elle s'inquiète d'un seul coup d'éventuels dommages collatéraux.

m'embrasser pour me dire bonjour et je me suis dérobée, lui effleurant le coin de la bouche, avant de le contourner pour m'asseoir sur le siège passager de la Civic. À sa place, je me demanderais sans doute ce qui se passe. Pourtant, il m'observe, comme à l'affût, et ça me donne l'impression d'être piégée, surveillée. J'aurais dû lui dire la vérité en face plutôt que de l'attirer dans cette fête où il ne voulait pas se rendre, parmi tous ces gens qu'on ne connaît ni l'un ni l'autre.

Sauf que je ne savais pas quoi dire.

La cuisine déborde d'occupants, les étagères de bouteilles d'alcool, le congélateur de glace fondue près de la porte en accordéon.

– La bière dans le patio ! annonce un type que je ne reconnais pas, en brandissant un bras enivré.

Miles lui frappe la paume avant de m'entraîner vers le grand jardin parfaitement soigné. La pelouse est remplie d'invités, la piscine tellement pleine de nageurs qu'on dirait une soupe humaine.

– D'où viennent-ils tous ? demande-t-il. On est envahis.

Heureusement, j'aperçois bientôt Carrie, perchée sur le rebord de pierre au bout du patio, en jean et chemisier de soie.

– Rach ! couine-t-elle en sautant à terre, faisant déborder le contenu de son verre rouge. Te voilà !

– Souviens-toi, mon « Été de tous les oui ». Tu connais Miles, je crois ?

– Bien sûr ! lance-t-elle avec un enthousiasme éméché. Nous sommes de vieux amis.

– Les meilleurs, approuve-t-il vaillamment.

Pourtant, je suis certaine qu'ils ne se sont parlé qu'une seule fois, l'autre jour devant le char à glaces.

– Trop contente de vous voir ! Je vais te présenter Adam.

Elle me prend par la main et m'entraîne à travers le patio sans me laisser le temps de lui rappeler qu'on se connaissait déjà, bien avant qu'elle refasse les présentations à la fête foraine, car on avait partagé la même classe à l'école primaire.

– Je t'ai déjà dit que j'étais trop contente de vous voir ? Trop contente de te voir !

Je jette un coup d'œil vers Miles. *Misère !* Il me répond d'un geste impuissant, l'air de ne pas comprendre, et ça me fait éclater de rire malgré moi. Il est trop mignon ce soir, dans son jean un peu plus élégant que celui qu'il porte d'habitude et une chemise à carreaux aux manches relevées sur les coudes. Pour une fois, ses cheveux sont coiffés. Du coup, je me sens un peu nulle en songeant qu'il se préparait à la maison tandis que je m'interrogeais sur le meilleur moyen de me débarrasser de lui. Mais ça ne veut pas dire que je n'apprécie pas ses efforts.

On bavarde avec Adam et ses camarades de classe – ou plutôt, c'est Carrie qui bavarde pour nous d'une voix légèrement grisée. Et puis Adam semble reconnaître Miles :

– Vandenberg, lui dit-il, ça va mon pote ?

Les épaules raides, Miles lui répond d'une drôle de voix, avec une expression que je ne lui reconnais pas. Je finis par l'entraîner à l'écart pour lui demander si tout va bien.

– Oui, répond-il. Sauf que je ne m'attendais pas à me retrouver dans la maison d'Adam Meyer.

– Ah bon ? Pourquoi ?

Maintenant que j'y pense, j'avais effectivement oublié de le préciser. Il hausse les épaules :

– Bon, ce mec m'a tapé dessus au moins quatre fois, au collège. Sinon, aucune autre raison.

– Sérieux ?

– Ça va, assure-t-il avec un sourire en coin. Tout va bien maintenant, enfin presque.

– Ce mec, tu es sûr ? Avec son sac à dos en forme de tête de singe ?

– Plus en quatrième, sourit-il.

– Tu veux que j'aille lui taper dessus ? Pour lui faire payer ?

– Ce serait tentant. Tu t'en sens capable ?

– Je suis très costaud. Tu préfères partir ?

Cette idée m'est venue comme un espoir pervers – on pourrait s'en aller ; on discuterait et on réglerait tout, bien que je ne sache pas exactement ce que je vais dire, d'autant que c'est moi qui l'ai entraîné dans le repaire de son agresseur à l'époque de la puberté.

– Non, dit-il pourtant. Tu voulais venir ici, d'accord ? Maintenant, on est dans l'obligation constitutionnelle de rester et de boire sa gnôle. Allez, cul sec, princesse !

– Tu n'as pas de verre, dis-je en grimaçant après avoir goûté la mousse amère.

– Je conduis. Tu vas devoir boire pour nous deux.

– C'est tout à ton honneur !

– Exactement.

Je souris, bois une autre gorgée. En fait, je me sens très bien en sa compagnie dès que je me laisse un peu aller. Quelque part, je peux parfaitement imaginer ce qui se passerait si on sortait ensemble pour de bon : on se retrouverait à la maison chaque week-end pour regarder des films sur l'écran géant, et il plaisanterait avec mes parents au restaurant. Ce serait sympa, agréable, sans risque.

Sauf que : Clayton.

On fait le tour de la maison et on se retrouve dans l'immense sous-sol où s'alignent les tables de billard, de jeu de palets et de ping-pong, actuellement remplies de bouteilles de bière, et où les invités se servent sans cesse. Rires et applaudissements se succèdent.

– Tu te joins à nous ? lance un type en pull des Lions.

À mon grand désarroi, Miles semble accepter et se tourne vers moi :

– Il me faudrait un runner. Tu veux bien ?

– Un quoi ?

– Pour vider les verres. Tu t'en charges ?

– Attends, tu plaisantes, là ?

– T'inquiète. On ne te demande pas d'écluser un baril de bière, ni rien. Je suis très bon à ce jeu.

– Au beer-pong ?

Je fais la grimace tout en me rappelant mon nouveau mantra. Je suis de l'équipe des Oui, ou pas ? Je vais y arriver !

– D'accord, dis-je. Mais tu as intérêt à être aussi doué que tu le dis.

– Encore mieux que ça, lâche-t-il avec un clin d'œil.

À mon grand étonnement, il s'en tire effectivement très bien : très vite, il attire toute une foule autour de lui. Chaque fois qu'il lance une balle, celle-ci atterrit aussitôt dans un gobelet, comme s'il avait fait ça toute sa vie, et le sous-sol entier l'applaudit.

– Désolée, dis-je au bout de quelques minutes en lui heurtant l'épaule. Tu es un champion clandestin ou quoi ?

– En fait, Tommy y jouait régulièrement avec nos cousins à l'époque du lycée. Et ils m'ont appris. Sauf que mes gobelets ne contenaient que de l'eau.

– À propos, je vais aller en chercher.

Je n'ai pas dû avaler la moitié d'un verre de bière, pourtant ma tête tourne déjà.

– Et puis je vais voir ce que fait Carrie.

– Tu veux que je vienne ? demande Miles.

– Non, tu es dans ton élément. Amuse-toi.
– Reviens vite.

***

Il n'y a pas une heure
qu'on est là, pourtant j'ai l'impression
que la population de la maison a
plus que doublé : c'est à peine
si j'arrive à me frayer un chemin
de la cuisine au patio. Maintenant
que je reviens sur mes pas,
je me rends compte que j'ai le vertige.
J'inspecte le jardin à la recherche
de Carrie ou d'Adam, mais ne vois
ni l'un ni l'autre. Je viens d'envoyer
un texto Où tu es passée ?
quand une main se pose
au creux de mes reins.

– Salut ! lance Clayton à mon oreille. Je te connais, toi !

Oh là là !

– Oh là là ! dis-je en manquant laisser tomber mon téléphone. Euh… salut !

Il paraît surpris… agréablement surpris, et je ferais bien de lui offrir la même physionomie.

– Qu'est-ce que tu fais là ?

– C'est Carrie qui m'a invitée, dis-je. Et toi ?

– Carrie a invité Ethan. Et j'ai suivi.

Mon appareil vibre dans ma main. Un bourdonnement en guise de signal d'alarme. C'est Carrie :

Au salon, vite ! Et, pour ton info,
Clayton est là.

Oui, merci. Je vois.

Je cherche une réponse qui ne me donne pas trop l'air d'une héroïne de sitcom des années 1990 :

– Comment ça va ?

– Bien, dit-il avec un sourire. Et toi ?

– Super !

Je vérifie de nouveau autour de moi que Miles ne se trouve pas dans les parages, avant de proposer :

– Tu veux qu'on aille faire un tour ?

Je m'évente d'une main car, soudain, je ne peux plus respirer :

– Il y a trop de gens ici.

– D'accord, dit Clayton.

Je l'entraîne littéralement au fond du jardin, vers le bas de la colline, où la propriété s'arrête au bord de l'eau, où l'odeur des pins emplit l'atmosphère. Un hors-bord est accroché au bout de la jetée. Sur le coup, je m'imagine en train de m'asseoir au volant, de mettre le moteur en route et de filer, sauf que je ne sais pas piloter un bateau.

– Tu es sûre que ça va ? insiste Clayton en trébuchant sur un tronc ratatiné.

Oh là là ! Si on me demande encore ça ce soir, je vais m'effondrer.

– Très bien ! dis-je, pas trop sûre de moi. Tu sais que les soirées, ce n'est pas mon truc.

En fait, rien de tout ça n'est mon truc. Impossible de me sentir à l'aise en ce lieu où je navigue entre deux garçons, même si ça me donne un air d'héroïne romantique.

– C'est vrai, reconnaît-il en s'asseyant sur les planches, les jambes pendantes au-dessus de l'eau. La lumière du jour commence à dissiper ton « Été de tous les oui » ?

J'hésite, regarde un instant la maison en repensant à Nonna quand elle m'a conseillé de ne faire souffrir personne. Je sais que je devrais m'excuser, retourner en hâte au salon, retrouver Miles le roi du beer-pong, et nous éloigner tous les deux autant que possible de cet endroit.

Cependant, je m'assieds à côté de Clayton :

– Plus ou moins, dis-je en posant ma main sur la sienne.

– Dommage.

Il effleure mon épaule de la sienne et je me tourne vers lui pour m'apercevoir qu'il me contemple d'un regard appuyé.

On entend toujours la musique et les cris des invités – mais aussi des plongeons, des éclats de rire – pourtant, j'ai l'impression que tout ça se passe très loin d'ici.

– Oui. En même temps, ça ne pouvait pas durer éternellement, si ?

– Sans doute, reconnaît-il. Pour ce que ça vaut : je suis vraiment content que tu sois venue.

C'est là qu'il se penche vers moi et m'embrasse.

Non, non, non, me dis-je en même temps que je m'abandonne à lui, très *mauvaise* idée. J'étais censée le distraire, puis filer. Mais c'est comme si j'avais perdu toute ma volonté, toute mon assurance au contact de sa bouche.

Oui, me dis-je.

Oui, oui, oui.

Je passe mes bras autour de son cou en essayant de me rapprocher encore. Ses doigts se baladent sur mon débardeur, et me coupent le souffle. Je suis tellement prise par ces sensations, cette odeur, ce goût, que j'entends à peine le craquement des planches derrière nous. Ce n'est qu'en ouvrant les yeux que j'aperçois Miles à quelques mètres, les mains dans ses poches, l'air complètement assommé.

CHAPITRE 21

Je me relève si vite que la tête me tourne en même temps que je me prends une écharde dans la paume.

– Euh… dis-je en titubant. Salut.

Il nous regarde, l'un après l'autre.

– Qu'est-ce que vous foutez ?

– Hé ! maugrée Clayton en se relevant lentement. On se calme, frère.

– Je ne suis pas ton frère, marmonne Miles sans me quitter des yeux. Tu te fous de moi, toi ? Non, mais c'est pas vrai, Rachel !

– Je…

Impossible d'en dire davantage. Je n'ai aucune excuse. J'étais en train d'embrasser Clayton. J'en avais envie. Si Miles ne nous avait pas interrompus, on serait sans doute encore en train de s'embrasser.

– Pourquoi tu m'as amené ici ? continue-t-il. À quoi tu joues ? Si tu voulais juste… Enfin, si tu étais aussi…

– Désolée, dis-je d'un ton implorant. Pardon, j'avais l'intention de t'en parler ce soir. Mais…

– Attends ! intervient Clayton qui a soudain l'air de comprendre. Vous êtes arrivés ici ensemble ?

– Ben ouais, réplique Miles froidement. Frère.

– *Ensemble*-ensemble ?

– Quoi ? C'est si difficile à comprendre ?

– Non, mais je… marmonne Clayton avant de se tourner vers moi. C'est vrai ?

Tous les deux me regardent à présent, l'air d'attendre une explication. Situation sans issue. Je pousse un soupir :

– Oui.

– Ça veut dire quoi, Rachel ? s'écrie Clayton. Tu es en rencard, là ?

– Je… dis-je en ouvrant les mains pour tâcher de les calmer. Écoutez… Comme si ça ne vous arrivait jamais. Vous faites toujours ça, les mecs, non ? Passer d'une fille à l'autre ?

– T'es sérieuse ? rétorque Miles. Tu vas nous la jouer féministe ?

– Et tout ton baratin sur Bethany et moi ? ajoute Clayton. Alors que tu faisais exactement ce que tu me reprochais, sauf que moi, non, justement !

– Je…

De nouveau, je m'interromps. Ils ont raison, je le sais bien. Je ne voulais pas que ça se passe comme ça. Je ne voulais faire de mal à personne. Mais j'ai passé tant de temps à dire non partout que, lorsque j'ai commencé à les fréquenter tous les deux – alors qu'ils me plaisaient tous les deux, et que je leur plaisais à tous les deux –, je me suis retrouvée incapable de faire un choix.

Et que la situation m'a échappé.

– Vraiment désolée, dis-je en essayant de ravaler mes larmes. Si vous me laissez vous expliquer…

– T'inquiète, tranche Miles.

Clayton hoche la tête.

Là, je sens ma respiration s'arrêter. Je sais que je n'ai aucune excuse et, rien qu'à voir leurs visages, je sais que tout est terminé. Miles me fixe encore un instant, puis tourne les talons et regagne la fête. Clayton hésite juste un peu plus. Je tends le bras vers lui pour l'arrêter, mais il écarte ma main et le voilà parti à son tour, me laissant plus seule que jamais cet été.

Plus seule que dans toute ma vie.

Les larmes aux yeux, je me plie en deux, penchée sur ma paume pour essayer d'en arracher l'écharde. Je n'arrive pas à croire ce qui vient de se produire, le bordel que j'ai provoqué. Je me sens comme dans une salle d'interrogatoire, tous mes secrets étalés au grand jour.

Non. C'est faux.

Ce n'est pas une impression.

Je suis bel et bien prise dans le rayon d'un projecteur.

Clignant des yeux, j'essuie mes larmes, alors que la lumière m'inonde avant de balayer le reste de la jetée pour s'orienter vers la fête. Puis une voix retentit dans un haut-parleur venu du lac :

– Police ! Tout le monde reste à sa place.

Soudain explosent des flashs rouges et bleus dans toutes les directions – aussi bien de l'eau que du chemin menant à la maison. La police. S'ensuit un chaos tout autour de moi tandis que les gens sur la pelouse, dans le kiosque, sur la véranda, commencent à s'éparpiller dans toutes les directions.

– On se casse ! crie quelqu'un.

Mais où, au juste ? On se trouve sur une île, entourée maintenant par des bateaux de police ainsi que trois voitures qui surgissent dans l'allée. Pas d'issue, à moins de plonger dans l'eau – ce que font certains qui passent devant moi pour se retrouver aussitôt piégés dans la lumière d'un phare.

– Sortez de l'eau ! crie la voix.

Aussitôt, les gens qui m'entourent reculent vers la maison ; quant à moi, je demeure sur place, pétrifiée. Si on essaie de s'échapper, on risque sans doute davantage d'ennuis. Je cherche des yeux Carrie, ou Miles, ou Clayton. Mais je ne vois aucun d'eux parmi les jeunes éméchés qui se retrouvent coincés dans l'allée proche des portes du garage. Plusieurs d'entre eux sont trempés jusqu'aux os, d'autres essaient de s'échapper.

Soudain, une main se pose lourdement sur moi. Je lève la tête.

– Suivez-moi, dit l'agent.

Moi qui croyais avoir atteint le pire de la soirée.

CHAPITRE 22

Malgré tout ce que j'ai pu imaginer, je n'aurais jamais cru que cette nuit s'achèverait dans un bateau de flics.

Dans un lourd silence, j'appuie la tête contre le siège arrière de la berline des parents et regarde par la fenêtre. La police a fait passer un alcootest à tous les mineurs qui voulaient quitter la propriété d'Adam, et ceux qui ne s'en sortaient pas avec un 0.0 parfait se sont retrouvés au poste où leurs parents ont dû venir les chercher. Comme Miles et Clayton ont obtenu ce 0, ils ont pu partir – ce qu'ils ont fait tous les deux sans un regard dans ma direction – tandis que moi qui avais joué les runners au beer-pong, je savais que je ne m'en tirerais pas.

Et j'en suis là.

Ni maman ni papa ne prononcent un mot sur le chemin du retour, et c'est finalement pire que s'ils m'étaient tombés dessus. Ils sont tellement furieux qu'ils n'arrivent même pas à parler. J'ai l'impression d'attendre l'orage qui ne va pas manquer d'éclater. Comme si j'avais oublié mon parapluie à la maison.

Une fois rentrés, ils m'entraînent directement dans la cuisine, me font asseoir à table avant de s'installer en face de moi. Aucun d'eux n'a encore ouvert la bouche.

Maman se passe la main dans les cheveux, me dévisage un moment.

– À quoi joues-tu ? me demande-t-elle.

Et là, c'est le déluge.

J'ai droit à dix bonnes minutes de sermon sur sa déception, le mauvais exemple que je donne à Jackson. Elle ne me reconnaît plus. Elle craint que je ne déraille complètement après mon départ, le mois prochain, que je n'envoie promener tout ce pour quoi j'ai travaillé si dur jusqu'ici.

Et sa voix se brise quand elle achève :

– Est-ce que je ne finirai pas par recevoir un appel de la police, pour venir identifier ton *corps* ?

Mon *corps* ? Malgré mes sentiments de culpabilité, de honte et de regret, ça me semble un rien ridicule, inutilement dramatique ; j'évite de relever, mais mon objection doit se voir sur ma physionomie, car elle insiste :

– Il suffit d'une seule bêtise, tu sais ? Tu t'enivres, tombes dans une piscine et tu te noies. Terminé.

– Maman ! Je ne me suis pas enivrée…

– Je. N'ai. Pas. Terminé.

Sa colère monte encore, alors je me tourne vers mon père qui ne la quitte pas des yeux. Si j'attendais un geste de compassion de sa part, c'est raté. Je n'aurai droit à rien du tout ce soir.

– Je ne sais pas ce qui t'a pris, poursuit-elle dans un grand geste des bras. Tu ne sortiras plus de cette maison. Jamais.

J'éclate d'un rire incrédule ; impossible de m'en empêcher. Maman se jette sur moi telle une lionne, mais papa l'arrête d'un geste.

– Respirons un peu, souffle-t-il.

– Je ne veux pas respirer ! rétorque-t-elle. Je n'ai aucune envie d'être raisonnable. Je veux la tenir à l'abri. La protéger.

Je les observe en me mordant les lèvres. On dirait qu'ils ont oublié ma présence. D'un seul coup, je me rends compte que cela va bien au-delà de ma bêtise de ce soir ; comme si maman et moi avions beaucoup plus en commun que je ne l'aurais cru. Je craignais d'être rejetée, d'éprouver un immense chagrin émotionnel, sûrement pas de me noyer ou de subir Dieu sait quels dangers maman pourrait imaginer. Il n'empêche qu'on a passé toutes les deux beaucoup trop de temps à nous laisser dominer par la peur.

– Maman…

Elle m'interrompt aussitôt :

– Non, Rachel ! Sérieusement.

– Non *quoi* ? Tu ne me laisseras plus jamais prendre la parole ? C'est ta nouvelle stratégie parentale ?

– D'accord ! intervient papa avec des gestes d'arbitre. On se laisse un peu emporter, là.

– Ne me dis pas ce que j'ai à faire ! rétorque maman.

Je vois qu'elle est au bord des larmes.

– Je ne comprends pas pourquoi je suis la seule à voir où tout ça nous mène. J'ai déjà *vécu* ça, vous ne comprenez pas ? Ma *mère* l'a vécu. Et je ferai tout mon possible pour empêcher Rachel de… de…

– De *quoi*, exactement ?

J'ai posé la question alors que je connais parfaitement la réponse. Bien sûr que je la connais. Maman veut m'empêcher de commettre la même erreur qu'elle.

– De commettre l'erreur de me mettre au monde.

Elle secoue la tête, se penche sur la table :

– Ce n'est pas ce que je voulais dire.

Mais je l'entends à peine sous les rugissements qui envahissent mes oreilles.

– Je ne serai jamais toi, lui dis-je.

Là-dessus, je me lève d'un bond et quitte la pièce.

– *Rachel*, balbutie maman.

Mais je suis déjà partie.

CHAPITRE 23

Je passe toute la nuit et une partie de la journée dans cette espèce d'insomnie anxieuse que j'associe à la fièvre : battements dans la tête, muscles douloureux, couvertures enroulées sur mes pieds. Je ne fais que revivre les événements d'hier soir qui se répercutent en moi comme d'horribles boomerangs.

Clayton me déteste. Miles me déteste. Ma mère me déteste certainement.

Et je ne vois pas comment arranger ça.

Vers quatorze heures, on frappe à la porte de ma chambre et Nonna passe la tête :

– Je peux entrer ?

Je fais signe que oui.

Elle dépose sur ma table de nuit une assiette avec un sandwich. Je n'ai rien mangé de la journée, mais je n'ai pas faim. Ensuite, elle s'assied à côté de moi sur le lit, alors que je lui tourne le dos, et je craque complètement.

– Patatina, dit-elle en me caressant les cheveux.

Sa main descend dans ma nuque, comme quand j'étais petite ; son parfum d'agrumes et de genièvre me donne encore plus envie de pleurer.

– Tu sais, je t'ai observée, cet été. Tu te conduisais d'une manière qui ne te ressemblait pas du tout.

– C'était exprès, dis-je d'une voix étouffée dans mes oreillers. Je voulais devenir quelqu'un d'autre.

– Mais pourquoi, ma chérie ? Pourquoi veux-tu changer quoi que ce soit en toi ?

– Parce que je suis une ratée ennuyeuse qui n'a pas d'amis.

– *Cazzate.*

Foutaise. Et voilà que les sanglots m'étranglent.

– Franchement, ma fille ! Je ne veux plus entendre ces histoires de ratée. Je n'y crois pas. Tu es une belle personne, à l'intérieur comme à l'extérieur. Ton cœur est ton meilleur atout, ton cerveau arrive juste derrière.

Je lève les yeux au ciel.

– Tu es ma grand-mère. Tu es obligée de dire ça.

Je la sens secouer la tête contre ma nuque.

– Non. Je ne suis obligée à rien. Je suis vieille. Je fais ce que je veux.

– Tu n'es pas vieille.

– En tout cas, assure-t-elle en m'embrassant, personne ne m'obligera jamais à tenir ma langue. Alors, tu vas me dire maintenant ce qui se passe ? La véritable histoire, pas la version de tes parents.

– Tu l'as déjà entendue ?

– En fait, s'esclaffe-t-elle, je suis certaine que tout le quartier l'a entendue. Allons, ma chérie. Raconte.

Si bien que je pousse un grand soupir et lui raconte tout : sur Miles et Clayton à la soirée, l'expression de leur visage quand ils ont compris. Sur la fête de Spencer, le Dîner à la ronde, le vent dans mes cheveux quand on roulait vers le Canada ; ma réconciliation avec Carrie, et aussi les aveux de Bethany sur son père.

Et puis ma crainte d'être rejetée, et l'effet que ça faisait de comprendre que tout le monde en était là.

– Je pense que j'ai passé toutes mes années de lycée à dire non parce que j'imaginais que ce serait nul. Alors, quand j'ai trouvé ton livre, j'ai cru y voir un signe.

– Quel livre ? s'étonne Nonna.

Je le lui montre sur ma table de nuit :

– Celui-là. *Une saison de oui !*

– Ah…

Elle l'attrape, se redresse pour examiner de plus près l'œuvre de Paula.

Je me hisse sur mes coudes. Elle n'a pas l'air de saisir. Comment est-ce possible ? Elle a laissé des notes dans les marges, des pages écornées. On dirait une sorte d'ouvrage bien usé qui devait représenter beaucoup pour elle, lui servir de guide pour l'amener où elle en est maintenant. Elle feuillette quelques pages et finit par le reconnaître.

– *Marone.* Ce livre-là ?

– Oui, celui-là. J'ai appliqué les conseils de Paula tout l'été.

– En disant oui à *chaque* occasion ?

– Presque toujours, oui.

– Oh, Patatina. Pas ce livre !

Elle se cache le visage dans les mains.

Quoi ? De quoi parle-t-elle ?

– Mais toutes tes notes. Dans les marges ? Tu as souligné tant de passages !

– C'est à cause de ce bouquin que j'ai rompu avec mon deuxième mari, pris vingt kilos et failli perdre ma maison.

Quoi ? J'écarquille les yeux, le cœur battant.

– Qu'est-ce que tu racontes ? Alors, pourquoi l'avoir gardé ?

– Franchement, je ne sais pas. J'aime bien m'entourer de livres, je les garde tous.

Elle me montre la photo de l'autrice :

– Elle aurait dû dire non à ces lunettes, voilà ce que j'en dis.

Éclatant de rire, elle jette le livre loin du lit.

– Écoute-moi, ma chérie. Quoi que tu en dises, je suis vieille. Ce n'est pas un gros mot ! Je l'accepte, parce qu'il représente la vie que j'ai vécue, que j'ai *aimée*. Mais quand j'étais jeune, j'ai commis des erreurs et j'en ai tiré des leçons. Parfois, ces erreurs provenaient d'idées que j'avais en tête, de manuels de bien-être ou juste de bêtises qui me passaient par l'esprit.

Elle m'attire vers elle, pose ma tête sur son épaule.

– Oh, ma fille, je voudrais que tu commettes des erreurs, plein d'erreurs ! Parce que c'est ainsi qu'on apprend à vivre. Si les choses se passaient toujours comme prévu, tu perdrais toute occasion de vivre des surprises et des aventures. Tandis que Dr Paula Prescott ne semble jamais avoir entendu parler des coûts d'opportunité.

– Coûts d'opportunité ?

– En économie. Quand tu dis oui à quelque chose, tu dis intrinsèquement non à presque tout le reste. À moins que Paula Prescott n'ait aussi expliqué comment se trouver en deux endroits à la fois ? Tout choix implique un coût d'opportunité. On ne dit pas oui gratuitement. Quand tu disais non à des soirées ou à des garçons, tu disais oui à ta famille, à tes amis et à tes responsabilités. Et, parfois, il est aussi important d'apprendre quand dire non et, surtout, à quoi.

– Comme à deux garçons ?

– Comme je t'ai dit, tu as le droit de t'intéresser à plusieurs choses à la fois, à plusieurs personnes, mais lorsque la frontière s'estompe entre occasionnel et engagé, surtout si tu sais qu'elle s'est estompée pour quelqu'un d'autre, tu dois te montrer honnête et loyale. Tu ne peux pas dire oui à deux époux, que je sache ?

– Attends, Nonna, personne ne parle de mariage !

– Je m'en doute. Tu ne vas pas te marier avant une dizaine d'années. Au moins. Mais, en l'occurrence, tu dois finir par dire non à quelqu'un. Ce qui te permettra de dire oui à quelqu'un d'autre. À la fin. Dans de très nombreuses années. C'est avec cet équilibre que tu trouveras ce que tu veux vraiment. Pas juste ce que tu t'obliges à accepter.

Elle a sans doute raison. Voilà qu'elle se met à tresser mes cheveux en natte.

– Ce livre n'est pas complètement nul, reprend-elle. Ces dernières semaines, tu as fait preuve d'une insouciance que tu n'avais plus montrée depuis ta tendre enfance. Tu crois que je ne remarque rien, que je ne vois rien, mais si. Et je sais que, depuis tout ce temps, tu te tiens à carreau afin que, quoi qu'il arrive dans le monde, au moins ta mère n'ait pas à s'inquiéter pour toi.

Elle tourne la natte sur ma tête pour en faire une couronne, puis se penche sur ma commode, y prend un bandeau et une épingle à cheveux.

– J'espère seulement que, quand tu voleras de tes propres ailes, tu te sentiras libérée de ce fardeau. Ce n'était pas à toi de le porter. Et puis, ta maman se trouve en bonne position, maintenant. Nous sommes tous en bonne position.

Génial. Je pleure de nouveau à chaudes larmes en essayant de ne pas bouger la tête pour que Nonna n'ait pas besoin de tout recommencer.

– Tu as raison, dis-je en reniflant.

Bien sûr qu'elle a raison. Je crois que si j'ai tant travaillé, gardé le cap et dit non à tant de choses, c'était en partie parce que je ne voulais pas inquiéter ma mère. Je ne pouvais modifier l'attitude de mon père mais, au moins, je m'arrangeais pour ne pas la décevoir.

C'est là que quelqu'un s'éclaircit la gorge sur le seuil.

– Il y a de la place pour une troisième personne sur ce lit ? demande maman en s'essuyant le visage du dos de la main.

– Toujours, souffle Nonna.

Elle se déplace péniblement, puis se retourne vers moi :

– Tu vois ? Quand je dis que je suis vieille.

Je préfère ne pas relever et demande à maman :

– Tu es là depuis combien de temps ?

– Assez longtemps, reconnaît-elle en venant s'asseoir entre nous.

La couronne sombre de ses cheveux me caresse la joue.

– Je ne voulais pas écouter aux portes, précise-t-elle, mais je tiens à ce que tu comprennes que tu n'as jamais représenté un fardeau pour moi. Ni une erreur. Tu représentes l'une des plus grandes joies de mon existence. Je ne voudrais rien changer à mon passé, car, malgré les difficultés, il t'a amenée dans ma vie.

Je déglutis.

– C'est vrai ?

– Totalement, sourit-elle entre ses larmes. Et je suis désolée si tu as jamais eu l'impression qu'il fallait me protéger. C'étais moi qui tentais de te protéger.

À présent, on pleure en chœur, dans les bras l'une de l'autre, et Nonna nous entoure avec son ardeur habituelle.

– Moi aussi, dis-je entre mes larmes, je suis désolée pour hier. Je n'aurais jamais dû vous donner de telles inquiétudes, à toi et à papa. Je te promets que ça n'arrivera plus.

– Je ne sais pas si tu peux le promettre, souffle maman et m'étreignant davantage. Mais tu peux promettre d'essayer de faire de meilleurs choix, d'accord ?

– Et de tirer des leçons de tes erreurs, ajoute Nonna.

– Entendu.

– Alors, qui parlait de manuels de bien-être ? demande maman en se redressant.

On échange un regard avec Nonna, puis on éclate de rire et je raconte à maman tout ce qui s'est passé ces dernières semaines. Je l'admire quand elle avale jusqu'aux détails les plus gênants que j'essaie d'évoquer discrètement.

– Bravo ! commente-t-elle. Je suis contente que tu aies appris ces importantes leçons de vie avant de quitter mon toit. Mais si tu te mets à dire plus souvent non, je n'ai rien contre.

Dans un petit claquement de dents, Nonna lui donne un léger coup d'épaule.

– Telle mère, telle fille, conclut-elle.

– Alors, reprend maman, qu'est-ce qui s'est passé avec les garçons ?

Ouille.

– Miles et Clayton ?

Elle hausse un sourcil.

– Miles. Comme dans Vandenberg ?

– Oui, c'est lui, dis-je en me jetant de nouveau dans l'oreiller. Je n'aurai sans doute plus jamais besoin de leur dire non.

– Peut-être, ou pas, commente Nonna, philosophe.

À son ton, je perçois une suggestion discrète, mais je sens bien qu'elle me rappelle à l'ordre.

– Il faut quand même que je m'excuse, dis-je pour répondre à la question qu'elle n'a pas posée.

– Mais certainement ! Et quoi que tu décides, quoi que tu fasses, sois gentille avec eux deux.

– Je sais, dis-je dans un soupir.

L'ennui étant que, peu importe avec lequel des deux j'ai envie de poursuivre. À ce stade, j'en suis certaine, aucun ne voudra plus entendre parler de moi.

Et comment le leur reprocher ?

CHAPITRE 24

Je suis certaine que, lorsque Paula encourageait ses lecteurs à s'ouvrir à de nouvelles expériences, elle ne parlait pas de remplir de fausses informations un formulaire d'abonnement à un club de gym dans le cadre d'une mission de reconnaissance top secret. Cependant, j'aime bien me dire qu'elle serait fière si, en sortant du vestiaire du club de fitness revêtue d'une tenue d'exercice typique des années 1980, elle me voyait aujourd'hui.

Bon, je n'ai aucune intention de participer à ces rituels de torture – l'éducation physique, ça va trop loin pour moi, même dans mon *été de tous les oui* – mais avec juste ces quelques jours qui me restent avant de partir pour Northwestern, je n'ai plus trop le choix. Clayton n'a répondu à aucun de mes appels ni de mes textos. Je suis allée chez lui, sans voir aucune voiture garée devant sa maison et, si la plupart des gens peuvent prétendre que ce silence est une réponse à lui seul, je ne peux affronter l'idée de partir pour la fac sans faire tout ce que je peux pour essayer de réparer les choses. Ou du moins, m'expliquer.

Raison pour laquelle j'ai atterri ici, sous prétexte de travailler mes biceps, en donnant le nom de Clayton comme référence. Puis je demande, aussi nonchalamment que possible :

– Vous savez s'il est déjà passé, aujourd'hui ?

Après quelques frappes sur son clavier, la réceptionniste – Jennifer, d'après son badge – relève la tête vers moi.

– Il est là, en ce moment.

Elle jette un coup d'œil sur la zone cardio.

– Si vous ne le voyez pas ici, c'est qu'il doit se trouver dans la salle de musculation.

Gagné.

Elle propose de me faire visiter, mais je refuse :

– Vous savez, maintenant que j'y pense, je vais encore réfléchir avant de m'inscrire. Mais merci quand même.

Je lui offre mon plus large sourire avant de quitter la salle sans lui laisser le temps de comprendre. Je n'ai pas autant couru de tout l'été, jusqu'à me laisser enfin tomber sur un banc, haletante.

J'ai apporté un livre – un roman, cette fois – mais je suis obligée de relire à plusieurs reprises la première ligne, car je lève la tête toutes les trente secondes pour vérifier s'il arrive. J'écrase un moustique sur ma cheville. Pour la trentième fois, je me sens prête à laisser tomber et à partir.

Je traîne là depuis près d'une heure quand les portes coulissantes s'ouvrent enfin sur Ethan et Clayton, tous deux en short de gym et tee-shirt, leur sac à dos sur une épaule. On dirait une pub pour des boîtes de maïs transgénique.

Sérieux, qu'est-ce que je fais ?

Ethan m'aperçoit le premier et, un sourire aux lèvres, il donne un coup de coude à Clayton.

– Bon, j'y vais, lance-t-il avec un grand salut du bras.

Puis il file vers le parking en criant :

– Ça roule, Walls ?

Au son de mon nom, Clayton regarde dans ma direction, et sur son visage s'étalent une série d'expressions : surprise, agacement, appréhension. Puis l'agacement qui revient. Il suit Ethan des yeux, comme s'il espérait le voir revenir en renfort.

– Qu'est-ce que tu veux, Rach ? finit-il par soupirer.

Simple question qui soulève une réponse compliquée. J'aurais pu juste le laisser partir pour Milwaukee furieux contre moi. Il ne me doit pas l'absolution. Alors que je dois lui demander pardon. Même s'il risque de ne rien écouter.

– Tu ne réponds pas à mes messages, lui dis-je en me levant pour le rejoindre.

– Laisse-moi tranquille.

– Ça va venir, promis. Mais il faut que je te parle d'abord, et je n'ai pas trouvé d'autre moyen de te joindre.

– Sérieusement, maugrée-t-il en repartant.

Il traverse la pelouse en direction de Main Street, à l'opposé du DiPasquale. Oh non ! Il est venu à pied de chez lui ? Fait-il partie de ces gens qui courent vers leur salle de gym ?

– N'importe qui comprendrait le message.

– C'est vrai, dis-je en partant au petit trot pour rester à sa hauteur. Mais je ne suis pas n'importe qui.

– Certes ! raille-t-il.

Il ne dit plus rien pendant un moment et on n'entend plus que les voitures et un bébé qui pleure. Puis il me jette un regard en coin et reprend sans ralentir :

– Alors, vas-y !

Il va vraiment trop vite et je commence à perdre mon souffle. Pourtant, j'essaie de parler le plus calmement du monde :

– Bon. Euh… Alors, d'abord, je voulais m'excuser. Pour beaucoup de choses, mais avant tout pour mon hypocrisie. Je n'ai pas été honnête sur plusieurs plans.

– Compris, murmure Clayton sans ralentir.

– Je t'ai toujours apprécié, Clayton. Tu le sais bien. Je te trouvais tellement sympa que quand j'ai eu l'impression que c'était réciproque, mon cerveau a court-circuité à cause de toutes les raisons pour lesquelles ça n'était sans doute pas possible. Je me suis comportée comme une malade, rien que pour me tenir à l'abri d'une déception. En même temps, je lisais ce bouquin stupide qui me conseillait de dire oui à tout, même si je commençais à me rendre compte que ça m'incitait à faire des choses que je ne voulais pas, à oublier qui j'étais vraiment ; sauf que je suis bel et bien restée la personne que j'ai toujours été.

– C'est-à-dire ?

– Personne… dis-je d'une voix sifflante.

J'aurais vraiment dû ne pas négliger la gym.

– Une fille un peu bizarre, un peu perturbée.

Ma tête commence à tourner légèrement ; des points noirs dansent devant mes yeux. Ça ne doit pas m'empêcher de dire ce que j'ai sur le cœur :

– Depuis toujours, tu occupes mes pensées et je me disais que la vérité ne correspondrait jamais à mes rêves. Jusqu'au jour où ta vraie personne s'est avérée meilleure que tout ce que j'imaginais. Et elle… tu ne méritais pas le traitement que je t'ai infligé.

Il ralentit et finit par s'arrêter, me dévisage longuement.

– Rachel.

Juste ces deux syllabes.

C'est là que je m'effondre sur la pelouse, devant la salle des fêtes.

***

Quand j'ouvre les yeux, Clayton est agenouillé devant moi sur l'herbe, une bouteille d'eau dans une main, une barre de céréales dans l'autre.

– Bois ça, dit-il en portant le goulot à ma bouche.

J'avale une gorgée un peu de travers, m'essuie la bouche du dos de la main. La tête me tourne encore un peu.

– Je crois que mon cœur vient d'exploser.

– Je… souffle-t-il, je ne pense pas que ce soit ça.

– Pourquoi pas ?

– Ça m'étonnerait.

– Tu marches trop vite.

– J'étais impressionnée que tu me suives si bien.

– C'est ça…

Je respire un grand coup, bois une autre gorgée.

– C'était important pour moi. Parce que je suis vraiment désolée. Et je ne supportais pas l'idée que tu t'en ailles sans le savoir.

Il se met debout, me tend la main pour m'aider à me relever. Je dois avoir l'air de sortir d'un film d'horreur, le visage rouge et dégoulinant de sueur. Pourtant, il ne semble pas s'en préoccuper.

– Alors, quand est-ce que tu pars pour Evanston ?

– Bientôt. Et toi, toujours la semaine prochaine ?

– Oui, ça va me faire drôle de ne plus vivre ici.

Il regarde la pelouse de la salle des fêtes, ces lieux où comme moi, il aura passé chaque Fête nationale de notre enfance sur une couverture de pique-nique, à manger des esquimaux en regardant le défilé annuel.

– Ça va te manquer ? lui dis-je.

– Dans un sens, oui. En même temps, je suis prêt à partir.

Et je me dis que c'est peut-être la dernière fois qu'on se retrouve ainsi à bavarder tous les deux.

– Contente d'avoir fini par te connaître, Clayton Carville.

– Moi aussi. À un de ces quatre, Rachel Walls.

CHAPITRE 25

Le lendemain, Miles se fait porter pâle.

– Grippe intestinale, m'annonce papa en saisissant une commande dans le registre avant de se tourner vers moi. Tu pourrais t'occuper seule du char à glaces ?

– Pas de problème.

Finalement, ça tourne à la véritable
corvée sans les plaisanteries
de Miles, même celles de mauvais
goût. J'ai envie de lui envoyer un texto
– je m'ennuie quand tu n'es pas là –
mais quelque chose me dit
qu'il ne répondrait sans doute pas.

Une fois que j'ai terminé, je retourne à la maison pour nettoyer la glacière, tout en traînant le long des vitrines voisines du DiPasquale : le magasin d'antiquités de M. Thompson, Ground Up, le bar au coin de Main Street, toujours ouvert quand on le croit fermé et fermé quand il devrait être ouvert.

Bizarre de penser que je connais ces endroits depuis toujours et que, dans quelques semaines, je ne les verrai plus. Pendant des années, j'ai compté les jours qui me séparaient de ce départ et, maintenant qu'il se rapproche, je me rends compte que tout ça va terriblement me manquer.

Une fois douchée et habillée, je me coiffe longuement devant la glace de la salle de bains, examine un petit bouton sur mon menton. Et, tandis que je me demande si je ne devrais pas me faire des mèches, je m'avise que je suis juste en train d'essayer de gagner du temps. Alors, dans un grand soupir, je descends, sors de la maison pour me diriger chez Miles.

Il me faut moins de temps que prévu pour y arriver et je m'arrête un peu avant, m'étire les bras et les jambes comme un coureur sur le point de faire un marathon, en essayant de me motiver un peu. C'est une expérience nouvelle pour moi. L'un des avantages de ne pas faire grand-chose étant de ne pas le faire mal. Je n'ai pas trop d'expérience en matière d'excuse – pas plus que pour à peu près tout le reste dans la vie. Je n'en ai pas vraiment eu besoin.

Jusqu'à maintenant.

Maintenant, je le fais pour la deuxième fois en quelques jours. Finalement, je me dis d'arrêter de me prendre pour une telle mauviette – après tout, peu importe ce qui a pu se passer d'autre entre nous, ou ce qui va se passer, c'est toujours Miles – et je frappe à la porte des Vandenberg. Un siècle s'écoule avant que je n'entende les pas prudents de Miles ; apparemment, il hésite, alors je frappe encore en lançant :

– Je sais que tu es là.

Finalement, il entrouvre la porte.

– Nous n'avons besoin de rien, lâche-t-il.

– Très drôle. Écoute, je me suis plantée.

– Plutôt, oui, finit-il par répondre sans trop me regarder. Pas mal.

– Je t'ai manqué de respect. Je n'ai pas pris en compte tes sentiments. Je voulais tellement dire oui à tout, cet été, que je me suis transformée en cette espèce de monstre engloutisseur d'expériences, et toi, tu étais… enfin, tu faisais partie de ces choses.

Il paraît presque amusé par ma contrition.

– Sérieux ? « Désolée de t'avoir englouti comme un monstre géant » ?

– Écoute, je fais ce que je peux, d'accord ? Je ne suis pas très douée !

Je ne peux m'empêcher de pouffer de rire. Mais cela vire bientôt à autre chose et, soudain, je me sens sur le point d'éclater en sanglots, là, sur la véranda de Miles, à l'endroit même où on a bu tant de limonades en tête à tête, rajusté nos combinaisons de ski et avalé des kilos de glace.

– Écoute, lui dis-je, j'ai commis des erreurs idiotes cet été. En fait, j'essayais de comprendre pas mal de choses. Sur moi-même. Sur la vie en général. Mais ce n'est pas une excuse, parce que j'ai commis ma plus grande erreur en te blessant. Et j'ai horreur de ça. Et je suis terriblement désolée.

Croisant les bras, il examine la rue derrière nous. Je me retourne pour apercevoir une voiture en train de se garer dans l'allée de Bethany. On regarde Mme Lewis – du moins, une femme de l'âge de Julie, que je prends pour Mme Lewis – ouvrir le coffre, passer la main dans ses cheveux blonds avant de se redresser et sortir deux sacs de marché qu'elle emporte dans la maison. Malgré la distance, elle semble émaciée, épuisée.

– Bon, souffle Miles, maintenant qu'on en est à l'aveu de nos tendances monstrueuses, il faut que je te dise quelque chose, moi aussi.

Je hausse un sourcil, glisse les mains dans les poches arrière de son short.

– D'accord ?

Il marque une pause avant de s'asseoir sur le perron.

– À vrai dire… j'en savais peut-être un peu plus sur ce qui se passait – ou du moins ce qui ne se passait pas – entre Bethany et Clayton, que je ne te l'ai dit.

Je prends place à côté de lui :

– Ça veut dire quoi, au juste ?

– Bon, je ne sais pas *tout* non plus, mais on dirait qu'il se passe une sorte d'implosion domestique géante chez Bethany. Le soir où Clayton est venu, on a eu droit à toutes sortes de scènes – genre les vêtements du père jetés par la fenêtre, au point que maman se demandait si elle ne devait pas appeler la police. Ensuite, j'ai vu Bethany et Clayton ensemble sur le perron et… je ne sais pas. Ça n'avait pas l'air très romantique. Ils ne se faisaient pas des câlins ni rien. Ils mangeaient des chips.

Je n'en reviens pas, et j'insiste :

– Donc, tu savais qu'il n'y avait rien entre Bethany et Clayton…

– Disons que je ne savais pas exactement. Mais bon, je m'en doutais.

– Et tu m'as quand même raconté cette histoire ? *Pourquoi ?*

Une colère rouge s'empare de moi.

– Qu'est-ce que tu crois, Rachel ?

À mon tour, je croise les bras, secoue la tête, non que je ne connaisse pas la réponse, au contraire : il a fait ça parce qu'il m'appréciait assez pour se dire que ça valait la peine de faire quelque chose de douteux. Tout comme je l'avais fait avec lui, pour la même raison.

– N'empêche, dis-je en songeant à tout ce qu'impliquent ces mensonges. N'empêche !

– Oui, comme je t'ai dit, il s'avère que je suis un monstre, moi aussi.

Bon, apparemment, on n'est pas si différents que ça l'un de l'autre : instinctivement, purement par réflexe, on est des gens qui disent *non*. On a tous les deux nos raisons pour ça. Il est sans doute largement temps pour chacun de nous de grandir.

– Tu n'es pas un monstre, lui dis-je. Comprends-moi bien, ça ne fait pas plaisir d'entendre ça et je suis super furax que tu aies agi ainsi, mais ça n'a rien de pire que ma propre initiative. Du coup, je ne suis peut-être pas un monstre non plus. Je ne sais pas.

– Mais si ! répond-il aussitôt avec un léger sourire. Tu es totalement un monstre.

– Trop marrant.

Je m'avise qu'outre Ruoxi, Miles est sans doute le meilleur de mes amis. Je pourrais peut-être m'en tenir là ? Restons les super potes qu'on a toujours été et suivons chacun notre chemin. D'autant que si je lui dis maintenant ce que j'ai pu ressentir – et ressens encore –, tout pourrait exploser entre nous et je le perdrais. Tout ça pour ça. L'idée de perdre Clayton était douloureuse… mais Miles ? Ce serait insupportable. Pourtant, si le livre de Paula Prescott m'a enseigné quelque chose, c'est qu'on doit parfois prendre des risques pour en récolter les fruits. Ou quelque chose comme ça.

– Alors, on est cool ? demande Miles.

– Oui, dis-je en me mordant la lèvre. Mais j'espérais qu'on pourrait être… un peu plus que cool.

C'est maintenant ou jamais. Est-ce qu'il veut sauter le pas avec moi ? Ou juste laisser les choses où elles en sont.

Il réfléchit un moment avant de lâcher :

– Ok.

Et le voilà qui se rapproche à son tour. Il me prend la main et se met à me caresser du pouce l'intérieur du poignet, en tracer les veines. Son expression s'illumine.

– À moi de dire oui.

CHAPITRE 26

– Je n'arrive pas à y croire ! Je te lâche un été et tu en profites pour sortir avec ce BG Clayton Carville ? s'écrie Ruoxi en se laissant retomber sur les oreillers.

– Et Miles Vandenberg, ajoute Carrie. On ne doit pas oublier Miles Vandenberg.

Elles sont toutes les deux étalées sur le lit, à me regarder empaqueter les dernières choses dont j'aurai besoin cette année : chouchous et trombones, et les derniers petits détritus de ma vie à la maison.

– Jamais je n'oublierai Miles Vandenberg, assure solennellement Ruoxi.

Et elles éclatent de rire à l'unisson.

Je souris. J'ai dit au revoir à Miles hier. Il a obtenu un internat chez un petit développeur de jeux vidéo et il va y travailler tout le semestre, en suivant des cours à mi-temps.

« Ce ne sont pas des white hats, mais c'est cool », a-t-il assuré.

Je suis super fière de lui, pourtant j'aurais aimé qu'il soit encore là pour me dire au revoir.

– C'est ça, rigolez ! leur dis-je en jetant une serviette turban dans leur direction.

Je suis enchantée de les avoir toutes les deux auprès de moi. Elles semblent s'être réconciliées aussi facilement que Carrie et moi. Comme si tout et rien n'avait changé.

Carrie noue le turban autour de sa tête tandis que Ruoxi fouille dans une série de bouquins qui ne sont pas entrés dans la liste de ceux que j'ai emportés.

– Qu'est-ce que c'est ? demande-t-elle en brandissant *Une saison de oui !* qui devait se cacher sous le lit depuis quelques semaines.

Elle se met à le feuilleter tandis que je grommelle :

– Un bouquin tout pourri.

Mais elle semble d'un seul coup tout comprendre :

– Oh là, là, Rachel ! C'est donc ce que tu as fait, cet été ?

– Non, dis-je malgré mes joues rouges. Enfin oui, j'ai essayé.

– Et ? insiste Ruoxi en haussant ses sourcils noirs.

– Et…

J'y réfléchis un moment : Clayton et Carrie, moi qui plonge tout habillée dans la piscine, qui me déguise en costumes des années 1920, qui me fais arrêter par la police. Qui dévale les autoroutes et traverse les frontières. Qui reviens à la maison. Miles.

– Je suis quand même contente de l'avoir fait, dis-je.

Je me rappelle la comparaison de Nonna sur les barques tandis que Carrie lit à haute voix :

– « Votre être présent est bâti sur ce vous avez dit oui hier, votre être futur sur ce à quoi vous choisissez de dire oui *maintenant*. En fin de compte, vous êtes le produit de vos décisions passées. » Wouah ! Ça m'a l'air super intéressant. Je peux te l'emprunter ?

Sans attendre ma réponse, elle glisse le livre dans son sac.

Je hausse les épaules en souriant :

– Oui, bien sûr. Mais sers-t'en à tes risques et périls !

– Comme toujours ! conclut-elle gaiement.

Il est vrai que Paula Prescott ne savait pas toujours trop de quoi elle parlait. Mais, alors que je regarde mes deux amies, la tête l'une contre l'autre, je suis heureuse du résultat obtenu par cet été où j'ai dit oui. Pour moi. Pour elles. Ensemble.

CHAPITRE 27

L'avant-veille de mon départ pour Northwestern, Nonna pousse vers moi une petite boîte tout en longueur.

– Le cadeau pour ton diplôme, explique-t-elle.

Je l'interroge du regard, me tourne vers maman et papa.

– Ça fait des mois que je l'ai obtenu.

– D'accord, reconnaît-elle, mais c'est aussi ton cadeau d'anniversaire, et celui de Noël. Et de Rosh Hashanah.

– On n'est pas juifs. Et puis les gens n'offrent pas de cadeaux pour les Grandes Fêtes.

– Pour le Nouvel An Chinois, poursuit-elle visiblement ravie. La Journée de l'arbre. En fait, c'est ton cadeau pour toutes les fêtes jusqu'au prochain millénaire.

Qu'est-ce qu'elle raconte ? La seule chose à laquelle ça me fait penser, ce serait un bijou – un collier de perles ? – et, comme Nonna le sait, je ne suis pas vraiment du genre à « parer son cou d'excréments d'huîtres. »

– Nonna, tu m'as déjà donné tant de choses…

– Profites-en maintenant ou une fois que je serai morte, peu importe. Je préférerais aujourd'hui, si ça ne te dérange pas. De façon que je puisse assister à ta joie.

J'ignore le sens de ses paroles, étant donné qu'elle va bien sûr vivre éternellement, et j'entreprends d'ouvrir le paquet, en craignant de répandre quelque chose de très fragile et de très cher. Mais je ne trouve qu'une simple clé. J'essaie un peu de deviner à quoi elle peut servir. Et puis je vois le signe Toyota.

– Non…

Ce n'est pas possible.

– Une voiture ?

Je n'arrive même pas à formuler une phrase complète, encore moins à suivre une idée cohérente.

– Vous m'en avez pris une ? Pour moi ?

– Oui, dit Nonna en joignant les mains. Ne t'affole pas – elle n'a rien d'extraordinaire, mais elle te mènera d'un point A à un point B. Et peut-être d'un point B à un point C, si nécessaire.

Elle sourit, autant que maman et papa.

– Patatina, tu travailles énormément, et je sais que tu faisais des économies. Je me suis dit qu'ainsi, on pourrait peut-être te voir davantage.

– Et nous éviter six heures de route à chaque coup, ajoute Jackson.

En temps normal, je l'aurais fusillé du regard, mais là, ça lui vaut un sourire.

Nonna me prend la main et me conduit au fond de la maison, vers le garage. Effectivement, à l'intérieur m'attend une impeccable Corolla blanche. Ma voiture.

– Je dois reconnaître que ce n'est pas grand-chose, mais elle est à toi.

– Quatre portes et un moteur, ajoute papa. Des freins neufs, une batterie neuve, des pneus neufs. Mais le reste est d'occasion.

J'ouvre la portière – tandis qu'ils insistent : ce n'est pas une très belle voiture, mais c'est le bon modèle pour commencer – et je me glisse à l'avant. Malgré quelques petites déchirures sur le siège et le volant bien usé, j'ai droit à un toit ouvrant et à une stéréo correcte.

Mais surtout… elle est *à moi* !

– Nous allons quand même t'accompagner à ton université, reprend maman. Mais, ainsi, tu auras davantage d'occasions de revenir. Ici. Chez nous. Chez toi.

Elle s'essuie le coin des yeux avec le pouce. Papa se met à rire mais, quand je le regarde, je vois qu'il est en train de ravaler ses larmes.

– Séquence émotion, commente Nonna en me tapotant l'épaule.

***

En route pour Evanston, je bats ma famille d'une bonne vingtaine de minutes car Jackson a eu trop envie de faire pipi. Deux fois. Quand je me gare dans le parking, j'aperçois un visage familier parmi la foule hébétée des étudiants de première année. Miles. Il attend tranquillement devant ma nouvelle résidence universitaire, revêtu de son éternel tee-shirt noir et de son jean.

Ses yeux s'écarquillent quand il me reconnaît au volant de la Corolla.

– Tu as… une voiture ? lance-t-il d'une voix incrédule en se penchant devant la fenêtre ouverte.

Je sors d'un bond, manque le plaquer au sol.

– Oui, dis-je contre ses lèvres. Nonna estime que ça me permettra de revenir à la maison quand je voudrai. Ou de faire un tour à Detroit.

Il me passe un bras sur la taille pour m'attirer contre lui.

– Pourquoi ? demande-t-il. Qu'est-ce qu'il y a, à Detroit ?

Si la théorie de Paula Prescott est exacte, si nous sommes le produit des choses auxquelles nous disons oui, j'étais, il y a quelques mois, le produit typique de la peur. Peur de la nouveauté, peur des gens que je ne connaissais pas, peur des expériences nouvelles, mais, surtout, peur de me faire du mal. Et même si les conseils de Paula n'étaient pas à cent pour cent fiables, je dois reconnaître qu'ils m'ont permis d'arriver ici, à la personne que je suis devenue. À celle que je deviens. Et aussi à l'autre personne qui se tient là, devant moi. Je n'ai aucune garantie de ne pas souffrir. Malgré tout, je crois qu'il en vaut la peine.

Si c'est à cela qu'aboutit la somme de mes oui, je crois que je peux affronter ce que ça implique. Du moins la plupart du temps.

– Alors, prête ? demande Miles. Prête à *commencer* le prochain chapitre ?

Je souris, croise les mains derrière ma nuque, entremêlant mes doigts.

– Oui, dis-je.

Oui, sans vergogne, sans équivoque.

REMERCIEMENTS

Savez-vous qu'il existe une centaine d'adages autour de « derrière tout grand livre… » et « il faut tout un village, » etc., etc. ? D'après mon expérience, chacun est vrai. Ça paraît magique, mais ce livre est le résultat du travail acharné de bien des gens.

À toute l'équipe d'Alloy Entertainment and Random House Children's Books : merci pour vos conseils, votre vision et votre patience. Spécialement à Wendy Loggia, Viana Siniscalchi, Sara Shandler et Josh Bank. Je sais que ce n'est pas une question de magie, mais vous en avez donné l'impression.

Je ne serais pas là où j'en suis aujourd'hui sans la ténacité et la confiance inébranlable d'Amy Tipton. Et je ne serais pas sur la voie que j'ai prise sans l'enthousiasme et les conseils d'Elizabeth Bewley. Merci mille fois à toutes les deux.

Parmi les choses qu'on ne m'avait jamais dites sur le fait d'être un auteur, c'est qu'à la fin mes héros allaient compter parmi mes meilleurs amis. « Merci » exprime à peine la reconnaissance que je dois à deux de ces amis, Kara Thomas et Courtney Summers, mais je suppose que c'est un début. Sans vous, j'aurais certainement jeté l'éponge voilà longtemps. Et aussi tout mon amour à Leila Austin, Alexis Bass, Somaiya Daud, Laurie Devore, Debra Driza, Sarah Enni, Maurene Goo, Kristin Halbrook, Kate Hart, Kody Keplinger, Stephanie Kuehn, Michelle Krys, Amy Lukavics, Samantha Mabry, Phoebe North, Veronica Roth, Steph Sinkhorn et Kaitlin Ward. Rien ne saurait exprimer ma gratitude pour la façon dont vous avez fêté et compati avec moi au fil des années. Merci également aux élus locaux passés et présents. Vous êtes incroyables.

À tous mes professeurs d'anglais, merci pour votre rôle dans mon orientation vers l'écriture. Particulièrement à MJ Peters. Et aussi toute ma reconnaissance au moniteur qui m'a dit un jour que ma « voix collerait mieux chez les jeunes adultes. » Vous vouliez m'inciter à changer d'orientation, car vous ne compreniez pas les extraordinaires possibilités qu'on peut trouver chez les jeunes adultes (peu importe, ça arrive souvent), mais ainsi, vous m'avez ouvert une voie vers un monde nouveau. Je dois ajouter que je n'ai jamais regardé derrière moi.

À Sarah, Jennifer, Kellie, Lydia, Katie VA, Lindsey (Autre), Krystle, Erin, Nancy, Liz et Veronica : merci pour votre confiance, vos encouragements et ces nombreux rappels amicaux pour me dire que je peux faire des choses difficiles. J'ai gagné le gros lot à la loterie de l'amitié.

À ma famille : Maman et Nick, Tyler et Erin, Bob et Judy : vous êtes tout simplement les meilleurs.

Sam, ce livre serait complètement différent (en quoi je veux dire qu'il n'existerait pas) sans ton soutien et tes encouragements. Un million de mercis.

Et enfin, Carly, Calvin et Caroline : vous êtes tout pour moi. Je vous aime, sincèrement.

Composition et mise en pages
Nord Compo à Villeneuve-d'Ascq